Rolling Stoned

Cannabis – Geschichten für Gelegenheiten

Bibliografische Information der Deutschen Nationalbibliothek:
Die Deutsche Nationalbibliothek verzeichnet diese Publikation
in der Deutschen Nationalbibliografie; detaillierte bibliografische
Daten sind im Internet über dnb.dnb.de abrufbar.

Herstellung und Verlag:
BoD – Books on Demand, Norderstedt
ISBN: 978-3-7504-3281-9

Inhalt

Die Freuden des Kleingärtners

Was bildet sich der Bengel eigentlich ein!
Pflanzt das Zeug im Frühjahr in unseren Garten und wir dürfen dann monatelang Blut und Wasser schwitzen. Ein Wunder, dass die Nachbarn noch gar nicht nachgefragt haben, wie denn die Pflanzen heißen, die so wunderbar mannshoch sprießen. Wo ihnen doch sonst nicht die geringste Veränderung in unserem Garten entgeht!
Womöglich wissen die längst, dass wir Haschischpflanzen anbauen!

,Cannabis', wie unser Herr Sohn sich auszudrücken pflegt. Wir kennen uns da nicht so aus, mein Mann und ich.
Es wäre ein Testversuch von der Universität, so kam er im April an, unser Jochen.
Dass der überhaupt noch studieren muss mit seinen 32 Jahren! Andere arbeiten in dem Alter längst und haben eine Familie gegründet.
Jedenfalls meinte er, er müsse wegen seiner Examensarbeit zwanzig von diesen Setzlingen bei uns im Garten unterbringen. Karl, also mein Mann, hat noch gefragt, ob er uns an den Galgen bringen wolle, wenn er hier eine Opiumhöhle betreibe. Aber Jochen erwiderte nur, dass die Nachbarn gar nichts bemerken würden, von der Seite bestünde keinerlei Gefahr. Und wenn sie nachfragten, sollten wir antworten, das wäre ein neues Gewürz aus Asien.

Und nun sind die Dinger 1,60 m hoch und ich habe Angst, dass die Polizei eines Tages vor unserer Tür steht. Die machen doch heutzutage Luftaufklärung, und wer weiß, ob sie nicht sogar den Maulwürfen kleine Sender umhängen!

Aber das schlimmste ist ja, dass der Jochen dieses Teufelszeug auch noch rauchen will. Wo man ja weiß, wie leicht es abhängig macht und zu noch härteren Drogen führen kann. Karl meint dagegen, dass sich in seiner früheren Firma drei Kollegen totgesoffen hätten, Leberzirrhose, aber ihm wäre nicht ein Fall bekannt, dass jemand vom Haschisch krank geworden sei.

Fehlt bloß noch, dass er zusammen mit unserem Sohn eine Zigarette raucht, oder wie sagt der Junge immer dazu, einen Dschojnt.

Ich sag' ja immer: Finger weg von solchem Suchtkram! Jaja Sie, das macht alles süchtig und hinterher will dann keiner mehr arbeiten.

Alles Quatsch, meinte da der Karl, sogar gebildete Leute hätten behauptet, jeder Erwachsene habe ein Recht auf seinen Rausch, wie dieser Richter aus Lübeck. Na, so weit kommt das noch!

Im Rauschzustand kommt mir hier keiner in meine gute Stube, egal ob Ehemann oder Sohn.

Aber Angst habe ich doch ziemlich, dass jemand diese verbotene Anpflanzung endeckt. Dann werden wir bestimmt angezeigt und der Jochen muss ins Gefängnis. Wenn's doch nur noch so zwei, drei Wochen gutgehen möchte!

Dann nämlich kommt der Jochen zum „Ernten", hat er gesagt.

Und im nächsten Jahr pflanze ich wieder Erdbeeren* an.
Dieses Giftzeug kommt mir nicht noch einmal in meinen Garten!

---

* Aber auch bei Erdbeeren ist mitunter Vorsicht geboten, siehe Seite 69

Prof. Dr. Rausch

Zielstrebig huschte der Professor die Stufen des Altbremer Reihenhauses hinauf. Es war eigentlich alles ganz einfach, nur durfte man keine Unsicherheit zeigen. Als er in dem kleinen Treppenhaus stand, brach ihm der Schweiß aus, sein Herz klopfte. Er zog ein völlig verschmutztes Taschentuch aus der Rocktasche und wischte sich umständlich über das Gesicht. Jetzt kam es darauf an! Etwas Glück musste er nur haben! Nur ein Quentchen Glück für einen armen Schlucker wie ihn! Hastig zog er ein großes Schlüsselbund aus der Plastiktüte und steckte den erstbesten Schlüssel ins Schloss.
Nichts!
Bloß keinen Lärm machen!
Der Professor probierte den nächsten Schlüssel. Ein schalkhaftes Lächeln huschte über sein von Bartstoppeln übersätes Gesicht. Die Tür leise aufziehen und hineinschlüpfen war eins. Jetzt stand er vor einer Treppe. Er ging leise hinauf, große Matschlachen auf dem hellblauen Treppenläufer zurücklassend. Beim Treppensteigen merkte er die Last seiner Lebensjahre, sein Herz schlug stark, er geriet erneut in Schweiß. ‚Scheiß Leben!‘, dachte er. Selbst ehrliche Einbrecher müssen sich heutzutage abmühen!

Seinen Namen hatte der Professor in jenen Jahren bekommen, als er in der Unimensa und auf dem Campus die Papierkörbe nach Essbarem durchsuchte. Es ging das Gerücht unter den Studenten um, er sei früher einmal ein Professor gewesen, oder wenigstens ein wissenschaftlicher Mitarbeiter. Aufgrund irgendwelcher Unregelmäßigkeiten habe er dann seine Stelle verloren und sei darüber dermaßen enttäuscht gewesen, dass er völlig den Halt in seinem Leben verloren habe. Das alles war Unsinn!

In Wirklichkeit war er mit 28 Jahren an Tuberkulose erkrankt und konnte sich nach zwei Jahren Klinikaufenthalt nur schwer mit seinem Frührentnerdasein abfinden.

Oben angekommen blieb er auf dem engen Flur stehen und lauschte zu allen Seiten hin. Es schien niemand in der Wohnung zu sein. Na ja, dann wollen wir mal sehen.
Leise ging er in das erste Zimmer gleich rechts, dessen Tür offen stand. Es herrschte eine große Unordnung, überall lagen Bücher auf der Erde, dazwischen Kleidungsstücke, einige Bierflaschen, zerrissene Zeitungen. Fast glaubte der Professor, die Konkurrenz sei ihm zuvorgekommen. Er stakste durch das Zimmer auf den Schreibtisch zu. Mal sehen, was in der Schublade drin ist! Auf dem Schreibtisch stand eine Schale mit Keksen. Rein mechanisch griff er sich drei, vier davon und zermalmte sie mit seinen Zahnstummeln. Heute hatte er noch nichts Essbares aufgetrieben.
Könnten ruhig ein bisschen süßer sein, die Kekse! Sicher sind sie von solchen Öko-Müsli-Leuten gebacken! Bürokram, Briefumschläge, ein Radiergummi, Fotos, sonst nichts drin in dieser verdammten Schublade. Der Professor erstarrte.
Da kam jemand die Treppe hoch. Scheiße!
Das könnte Ärger geben. Ihm stockte der Atem.
Wohin? Es gab kein vernünftiges Versteck in diesem Loch!
Er horchte in den Flur hinaus und machte sich ganz klein. Die Schritte kamen näher, trapsten in den Flur und schlurften vorbei in ein anderes Zimmer. Der Professor vermeinte einen Schatten gesehen und das Rauschen eines Kleides gespürt zu haben. Eine Tür klappte zu.
Jetzt nichts wie weg.
Scheint auf dem Klo zu sein, die Type.
Treppe runter, raus aus dem Haus.
Hoppla, nicht ins Stolpern kommen, alter Junge.
Da sind wir wieder. Moin, alte Eiche! Alte Speiche! Speicher!

Speichel! Verdammt viel Speichel im Maul.

Hähä, sieht'n der aus? Wie nennen die sich noch mal? Iroke-sen-Punker.

Echt gut drauf heute. Komisch! Irgendwas... Moment... also noch mal: Irgntwas is anners... Früher... hihi.

Der Professor prustete los, zwei Passanten drehten sich nach ihm um.

Habe die Äähre, meine Herren! liich Tatarrr-Rrusski, nix ver-rschtäähn.

Is, als klebte mir dünner Teig an Händen und Füßen, seltsam.

Wo ist denn die andere Welt? Ich meine, die, na ja, wo die Menschen leben?

Diese andere eben!

Schwein. Schweiz. Schweiß.

Schweißausbruch. Ekelhaft.

Ich löse mich noch mal ganz auf.

Uschi Klotz hatte es wirklich gerade noch so geschafft, nach Hause zu kommen, ohne sich in die Hosen zu machen. Sie war die Treppe hochgestürmt und sofort ins Klo gerannt.

Aaaahh, das tut gut!

So, und jetzt zwei, drei leckere Shit-Plätzchen, war aber auch echt'n Shit-Tag heute.

Hey! Was'n das, ey?

Da hat doch glatt wieder einer aus der WG zugelangt!

Ach, egal. Für mich reicht's ja noch.

Guten Appetit!

Rauschgiftfahnder

„Wie, du hast etwas von dem Zeug zu Hause? Das kann nicht wahr sein!?!"
Kalle zog seine Stirn in Falten und stierte seinen Freund Fränkie an. Der griente nur leicht und bejahte.
„Das kann nicht dein Ernst sein! Der Herr Hauptwachtmeister hortet den Stoff bei sich zu Hause! Ich sehe schon die Schlagzeile in der BILD-Zeitung: Bremer Rauschgiftfahnder als Dealer enttarnt!"
„Ach, quatsch doch nicht rum." Fränkie machte ein ernstes Gesicht.
„Wir haben da gestern 'n ziemlichen Fang gemacht. Im Überseehafen lag in einem Lagerraum ein großer Packen. Ich habe erst eine Probe genommen, um sie durch den Chemiker untersuchen zu lassen. Der brauchte aber nur ein winziges Stück, den Rest gab er mir zurück. Gestern abend habe ich es entdeckt und auf den Schreibtisch gelegt, das ist alles."
Kalle schaute den Kollegen verblüfft an. Ganz langsam begannen sich seine Backenknochen zu heben, die Mundwinkel nach oben zu verziehen. Zuerst war nichts zu hören, dann ein leises Zischeln, schließlich wurde daraus ein unterdrücktes, gurrendes Lachen.
„Ich dachte schon", beruhigte er sich langsam wieder, „ich dachte, du wärest nicht nur Rauschgiftfahnder, sondern auch Konsument."
Es sollte wie ein Scherz klingen, hörte sich jedoch fast wie ein Verhör an.
„Ich meine, ein bisschen Ahnung muss man natürlich schon von den Wirkungen der Cannabis-Pflanze haben." Fränkie druckste herum.
„Na ja, inhalieren sollte man den Qualm wenigstens mal, um ihn wiederzuerkennen!"
Kalle nickte verständnisvoll.

„Riecht übrigens gar nicht übel."

„Mmmmh, stimmt, kann ich bestätigen. Hab' mich echt gewundert."

„Soll ich mal ein wenig ankokeln? Nur so wegen der Atmosphäre. Fast wie Räucherstäbchen!?" fragte Fränkie.

„Warum nicht? Kann ja nicht schaden." Kalle machte eine interessierte Miene.

„Man könnte natürlich auch", meinte Fränkie ganz sachlich, „man könnte einen Joint drehen. Dann riecht's noch besser, intensiver, verstehst du?"

Kalle nickte.

„Wir müssen ja nicht gleich inhalieren."

„Weißt du denn, wie man so einen Joint dreht?" Kalles Frage klang ein wenig scheinheilig.

„Das habe ich etliche Male gesehen bei den Brüdern. Die rauchen doch heutzutage überall öffentlich."

Äußerst geschickt klebte Fränkie drei Stück Zigarettenpapier zusammen, zerbröselte ein Stückchen Shit - ein ‚Piece', wie er es nannte - vermischte es mit Tabak und fertig war der schönste Joint, den man sich vorstellen kann.

Am nächsten Morgen meldeten sich zwei Polizisten aus dem Rauschgiftdezernat krank.

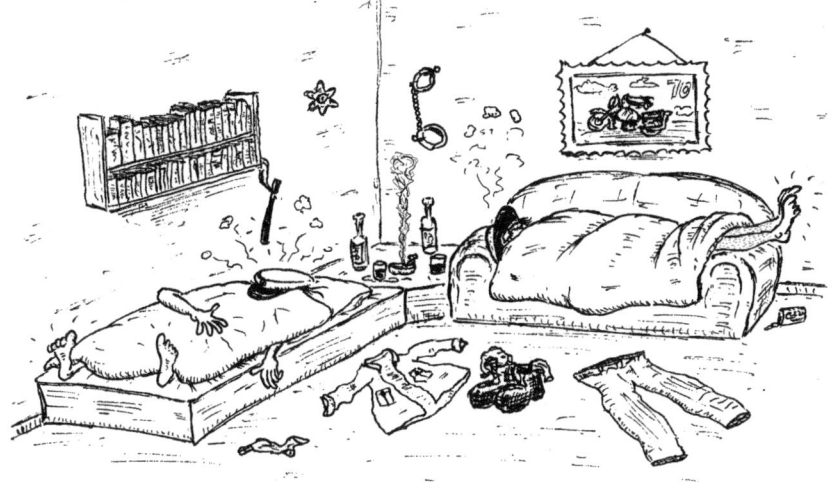

Rundflug

Adler lag im Sterben. Es war zum Heulen. Dieser große, stämmige Kerl, den nichts umhauen konnte, damals, der kein Bier stehen und keinen Joint verkommen ließ, der alles für seine Familie und seine Kumpels tat, der lag jetzt alleine im Schlafzimmer und war im Begriff, seine Seele auszuhauchen.

Als der Arzt vor einer Stunde das Haus verließ, sagte er mit besorgter Miene zu Adlers Frau:"Es kann nicht mehr lange dauern, Frau Schmitter. Wir wollen ihm die Schmerzen so erträglich wie möglich machen!"

Eben war Hopsing gekommen, wie schon seit Wochen jeden Nachmittag nach der Arbeit. Es war Adlers bester Freund, sie kannten sich schon seit dem Kindergarten und das war nun vier Jahrzehnte her. Damals hießen sie noch Georg und Horst. Viel später erst bekamen sie ihre Spitznamen: Georg nannten sie Adler wegen seiner kühnen, schweifenden Adlernase, Horst bekam den Namen irgendeines Indianerhäuptlings: Hop-sing. Ihr ganzes Leben hatten die beiden miteinander verbracht, bis auf wenige Monate. Das würde nun bald vorbei sein.

Hopsing saß stumm an Adlers Bett. In den letzten Tagen war eine spürbare nochmalige Verschlechterung seines Zustandes eingetreten. Die Wangenknochen zeichneten sich deutlich ab, die Augen lagen in tiefen, dunkel gefärbten Höhlen, die Nase ähnelte mehr einer Pyramide denn der eines Adlers. Die meiste Zeit schlief der Kranke jetzt, manchmal erkannte er Freunde und Angehörige nicht mehr.

Uschi, Adlers Frau, war froh, wenn Besuch für ihren sterbenden Mann kam. Sie machte sich dann in der Küche zu schaffen. Mal einige Minuten aus dem Sterbezimmer hinausgehen.

Hopsing wischte seinem Freund den Fieberschweiß von der Stirn. Der öffnete für einen Augenblick die Augen. Nach einigen Minuten des Schweigens murmelte er kaum hörbar:"Hast du was dabei? Dreh' mir noch einmal einen Joint, hörst du?"

Hopsing zögerte keinen Moment, Adlers Wunsch zu erfüllen.
Adler würde schon wissen, was für ihn gut ist.
Wie oft hatten die beiden in langen Nächten darüber philoso-phiert, dass nur die innere Stimme den Ausschlag gibt. Es gibt eine innere Instanz, die dir mitteilt, was du zu gegebener Zeit zu tun hast.
Adlers Hände lagen matt auf der Bettdecke neben seinem aus-gezehrten Körper. Hopsing führte den glimmenden Joint des-halb direkt an den Mund des Kranken.
Der tat zwei tiefe Züge und musste konvulsivisch husten.
Es war furchtbar anzuschauen, wie der Körper sich schmerz-verzerrt krümmte.

Schließlich begannen sich Adlers Gesichtszüge zu entspannen und er atmete ruhig und regelmäßig.
Endlich kommen sie, dachte er. Einmal habe ich sie schon ge-sehen, damals nach dem schweren Motorradunfall, als sie mir über den Kopf strichen und meinten, es würde alles gut wer-den. Und heute?
Da waren sie. Sie trugen lange orangene Samtgewänder.
Jetzt lehnten sie sich an sein Bett. Ihr langes blondes Haar ging ihnen bis über die Schulter.
Sie nahmen Hopsing in ihre Mitte und tanzten Ringelreihen.
Ha, war das lustig!
Alle drei hoben Adlers Bett an und trugen es durch das Zim-mer, sehr langsam und würdevoll.
Das war ja wie ein Leichenzug! Nana, meine Herren, noch lebe ich! Oder etwa nicht?!
Nicht zu fassen, Adler musste schmunzeln.
Jetzt beugte sich Hopsing über ihn. Er hatte ein weiches Ge-sicht, in dem zwei große vielfarbige Bälle an Stelle der Augen saßen. Während Adler ihn anschaute, bemerkte er, wie das Gesicht seines Freundes verschwamm. Stattdessen sah er eine Landkarte mit Bergen und Seen, Städten und Wäldern.

Immer höher schien er in die Luft getragen zu werden, als winzige Punkte sah er Hopsing mit den beiden Engeln.

Eine Weile schwebte er schwerelos im Himmel und sah auf der Erde sein Leben sich wie im Zeitraffer abspulen: eine Unmenge Menschen stolzierte vorüber, Schauplätze schoben sich ineinander, der erste Schultag im April 1961 tauchte auf, dann ein Familienausflug in den Harz, Kneipenbekanntschaften, Ärzte, Arbeitskollegen, Kinder, Katzen, Hunde... Das war doch alles zu verrückt!

Dann merkte er, wie er erst langsam herabschwebte, dann schneller sauste, schließlich fiel er wie ein Stein herab.

Es war wie ein Rausch - FALLEN, tiefer, AN NICHTS MEHR DENKEN,

nurnochvorwärtsabwärts....

Als er noch etwa fünfzig Meter über dem Erdboden war, konnte er deutlich sehen, wie beide Engel bunte, riesengroße Sensen in schillernden Farben ausgepackt hatten, die sie genau an der Stelle in die Luft hielten, an der Adler aufkommen musste. Gleich neben ihnen stand Hopsing mit ausgebreiteten Armen. Seltsamerweise hatte er einen sehr hohen spitzen Hut auf dem Kopf.

Im ersten Moment bekam Adler einen Schreck, denn er hatte Angst vor den Schmerzen, wenn die Sensen ihn aufspießen würden.

Aber er hatte ja kaum Zeit zum Nachdenken, weil alles so erstaunlich schnell passierte. Außerdem lächelten ihn die drei Gestalten dort unten sehr wohlwollend an, wenn auch irgendwie unbeteiligt.

Und nun geschah etwas sehr seltsames: in dem Augenblick, als sein Körper die Spitzen der aufgepflanzten Sensen berührte, spürte er nichts mehr, ja , ihn selbst schien es plötzlich nicht mehr zu geben.

Er wollte sich vergewissern, ob die Engel und sein Freund Hopsing noch da wären, aber er hatte keine Augen mehr zu sehen.
Er hörte und fühlte nichts.
Und das war gut so.
Hopsing drückte seinem Freund Adler die Augen zu. Ein erstaunter Ausdruck war auf dem Gesicht des Toten erstarrt.

Noch Tage später spukte die Erinnerung an einen gemeinsamen Segelflug mit Adler in Hopsings Kopf herum.
Merkwürdig, Hopsing hatte noch nie in seinem Leben ein Flugzeug bestiegen...

Zum Abgewöhnen

Also nicht, dass ich meine, Shit wäre 'ne gefährliche Droge. Nee, nee, da gibt's schon viel schlimmere Sachen, so Opiate, Heroin, und Ecstasy ist mir auch nicht ganz geheuer. Dagegen ist 'n Joint fast wie 'n Alsterwasser für einen Alkoholiker. Nee, echt. Aber trotzdem habe ich wahrhaftig Schwierigkeiten mit dem Zeug bekommen. Nicht gesundheitlich, jedenfalls nichts ernstes.

Nur, es ist ja so: wenn du jeden Tag kiffst, ein, zwei Joints, und das jahrelang, ich mein, die haben schon recht, die Psychologen, wenn die sagen, dass sich das gesamte Verhalten des Menschen bei langfristigem Haschischkonsum verändert.

Meine Freundin sagte in letzter Zeit dauernd zu mir, ich wäre so lahmarschig, ich hätte ja zu nichts mehr Lust.

„Du bist wie so'n Sozialrentner! Auf dem Sofa hocken und sich vollkiffen! Und noch keine vierzig Jahre alt!"

So ganz Unrecht hatte sie ja man gar nicht. Ich hatte echt keine Lust mehr, das Haus zu verlassen, wenn ich Feierabend hatte. In die Kneipe oder Disko lag überhaupt nicht mehr an. Wozu auch? Hast das Zeug ja zu Hause. Brauchst nur zu drehen und fertig!

Nur kommen da irgendwie echt die sozialen Kontakte zu kurz. Bist ja eh' jeden Abend dicht.

Nur noch so Sphärenmusik hören, Alter, neh echt, das is denn doch tuu matsch, da kannse drauf ab.

Nööh, ich hab's jedenfalls noch geschnallt. Da gehst du ab, wenn du das jahrelang machst.

Also, ich muss schon mal zugeben, dass ich echt, nee, ich wollt's ja erst selbst nich glauben, aber es is halt wahr, Alder, dass ich nämlich abhängig vom Shit war.

Denn, sieh ma, es is ja so: wenn du jeden Tag kiffen musst, nech, klar, du sagst natürlich immer: wieso, ich kann auch

ohne, aber stimmt ja nich, du kannst eben nich ohne'n Joint
klarkommen.
Gut, ne gefährliche medizinische Abhängigkeit is es vielleicht
wirklich nich.
Aber über die Jahre merkste doch schon, wie de echt abbaust,
eher geistig, aber auch 'n bisschen körperlich.
Also, ich hab' deswegen jetzt aufgehört zu kiffen. Nee, echt.
Nich weil ich 'n Gesundheitsapostel geworden bin. Und zum
Guru geh' ich auch nich, has verstanden, nich?!
Ich hab' nur ma durchgescheckt, dass ich,
wenn ich so weitermache,
wie bis jetzt, denn, Alder,
bin ich in zehn Jahren
'ne Mumie,
und da hab ich
kein Bock auf.

Zottel's Trauma

Zottel hatte sich von der Meute abgeseilt. Er wollte heute abend allein sein, in sich gehen, wie er es nannte. Das war nicht ungewöhnlich für ihn, wenn das Haus voll war. Er war kein Freund von Massenaufläufen.

Am Nachmittag waren die Mühlener gekommen, Ede, Bernd, Kalle, Suse und Edda. Die hatten immer mächtig viel zu erzählen. Was ja auch klar ist, wenn man in der Einöde lebt wie die. In der Woche kommt da kaum Besuch hin und selbst an den Wochenenden sieht man immer dieselben Gesichter. So nach zwei Stunden reichte es Zottel regelmäßig.

Zu viele Menschen.

Zu viele Themen.

Zu verkopft.

Richtig gut aber ist der Stoff, den Kalle normalerweise mitbringt. Weiß der Teufel, wo er das Zeug herbekommt (womöglich aus einem kleinen uns wohlbekannten Dorf in der Nähe von Rotenburg, das mittlerweile aufgeflogen ist! - der Setzer!). In dieser Reinheit!

Dieses Mal hatte er 'n hübsches Stück Schwarzen Afghanen dabei. Jeder konnte sich bedienen, so war's üblich, wenn man WG-Besuch machte. Wenn Zottel mit seinen Leuten einen Gegenbesuch in Mühlen machte, nahmen sie meistens Gras aus eigenem Anbau mit. Neuerdings experimentierten sie mit der Fermentierung herum, so dass bald eigener Shit zur Verfügung stehen würde.

Zottel ging aus dem Hinterausgang in den Garten. Er hatte sich ein ordentliches Tütchen gebastelt und suchte die Einsamkeit. Vorbei an der großen Birke, die wie ein Verkehrspolizist den Weg bewachte, der durch ein kleines Tannenwäldchen zum Nutzgarten führte. Schön versteckt am Rande des Wäldchens, durch den Misthaufen vor unliebsamen Blicken geschützt, schossen etliche stattliche Cannabispflanzen empor.

Der Anblick dieser wunderbaren grüngezackten Blätter erinnerte Zottel an den Joint, den er mit Daumen und Zeigefinger der linken Hand dergestalt festhielt, dass er vom ganzen Handteller verdeckt wurde.

Seltsam, hier brauchte er sich nun wirklich nicht vorsehen! Früher hatten sie den Stoff auf diese Weise verborgen gehalten, denn man konnte ganz schönen Ärger bekommen!

Genüsslich sog er an dem verdickten Filterende, so dass das dicke Ende glutrot aufglimmte. Zottel kam ins Husten.

Holla! Was ist das wieder für'n Zeug! Gut für die Gehirnbelüftung.

Nach zwei, drei tiefen Zügen ging eine Welle kleiner Vibrationen durch Zottels Körper, die sich langsam vom Bauchnabel ausgehend ausbreiteten. Ihm war, als hätte er tiefe Augenringe, grüne und blaue.

Der Mensch hat ein Recht auf seinen Rausch.

Oder auf seinen Rauch? Wie hieß es noch gleich?

Der Mönch hat eine Rechte und baut Rauch - auch hat der Mensch recht, wenn... wenn er raucht... der Rausch... wenn... er...

Die Artikulationsorgane versagten ihm den Dienst. Er wollte schreien, aber er hörte keinen Laut aus seiner Kehle kommen.

Angst! Aber denken kann ich noch!

Oder?

Es läuft doch ein Film in mir ab, also denke ich!

Ich bin, also denkste!?

Ich... denke... also... ? Irgendein Wort fehlt da noch!

Noch noch.

Noch mal. Hoppla. Opa. Ola.

Er drehte sich in die Richtung, in der der kleine Teich lag. Ein plätscherndes Geräusch hatte seine Aufmerksamkeit auf sich gezogen. Er konnte nicht genau erkennen, wer es war, irgendeine hochgewachsene weibliche Gestalt entledigte sich ihres langen, wallenden Gewandes.

Das weiße luftige Etwas glitt zu Boden und Zottels Blick fiel auf den makellosen Körper einer jungen Frau. Er fühlte sich magisch angezogen von den aufrechten, leicht wippenden Brüsten und setzte sich mühsam in Gang. Es mochten ihn etwa zwölf Schritte vom Teich trennen, an dessen äußerstem Rand die Schöne die Zehen ihres rechten Fußes ins Nass tauchte.

Seltsam, sie schien ihn gar nicht zu bemerken. Zottel bewegte sich unsicheren Schrittes weiter auf den Teich zu, musste aber zu seiner größten Bestürzung feststellen, dass er die Gestalt desto verschwommener wahrnahm, je mehr er sich ihr näherte. Aber das konnte doch gar nicht sein!

Nur noch drei Meter bis zu der Stelle, wo das Wesen eben noch gestanden hatte, und Zottel nahm kaum noch etwas von seiner Umgebung wahr, es wurde dunkel um ihn.

Er tat noch zwei Schritte und streckte seine Arme in die Richtung aus, in der er etwas unvergleichlich Süßes vermutete.

Jetzt war es völlig dunkel um ihn. Jemand ergriff seine Hände, und führte ihn langsam, ganz behutsam, in den Teich. Zottel hatte gar nicht gewusst, dass es so tief hinabging. Bis zur Hüfte reichte ihm das Wasser, bis zur Brust, dann bis zum Hals.

Schließlich zog ihn Pallas ganz an sich.

Beim Hinabrauschen hörte Zottel wie durch eine dicke Wand die Worte:

„Sei mir willkommen, du armer blinder Mensch!"

-Wer bist du? Ich habe dich noch nie gesehen!- wollte er die schöne Fremde fragen, doch konnte er seinen Mund nicht öffnen. Er blieb stumm. Auch gelang es ihm nicht, sich zu bewegen. Dennoch machte ihn diese Entdeckung keineswegs ängstlich. Er registrierte lediglich seinen neuen Zustand und ergab sich in sein Schicksal.

Als hätte die Nackte seine Gedanken erraten, hörte Zottel sie hell auflachen:

„Ich bin die, der niemand ungestraft beim Bade zuschaut!"
„Pallas!" zuckte es durch Zottels Hirn.

Nachdem man ihn aus dem Teich gezogen und wiederbelebt hatte, wurde Günther Karmann, genannt Zottel, ins Krankenhaus gebracht.
Schnell ging es ihm wieder besser.
Allerdings blieb es für die Ärzte ein ungelöstes Rätsel, weshalb der junge Mann seit dem Unfall blind war...

Bier iss doch keine Droge

Also, ich sach Ihnen, die gehören doch allesamt eingesperrt!
Sie, das sinndoch gemeingefährliche Subjekte für unsere Gesellschaft!
Na, diese ganzen Drogenbrüder. Null Bock unn so.
Die wollen doch am liebsten den ganzen Tach im Bett liegen
bleiben und abends, nä, aamns, da kommen die aus ihren Löchern und...
momentmaa, muss mia maa eem n'neues Bier holen...
Also, wo war ich stehengeblieben. Ja genau, bei den Drogenkonsumenten. So heißen die nämmich ganz offiziell, hab ich
inne Bildzeitung gelesen.
Das sinndoch die, die auf unsere Kosten leben und nich aabeiten wollen.
Klaa, irgendwann können se ja auch gaa nich mehr, weil se
fettich sinn, ne ächt, die sinndann fettich mitte Welt. Musst
dir maa vorstellen, dassde jahrelang irgendson Zeuch in dich
reinschüttst, oder mitte Nadel reinpiekst.
Ich mein, das kannse ja schon merken, wennste die üblichen
sechs Halbe drin has, ne ehrlich, früher konnt ich die besser ab,
nu bin ich jeden Abend ganz schön groggy...
Sorry, muss nur eben Nachschub holen...
Abaa, das mussichnu ächma sagen: ich hab einfach n'Hass auf
diese Sozialrentner, Fixer, Drogenabhängige undsoo.
Und die Dealer erss. Obwohl, die sind ja eigentlich ganz schön
schlau, weil, die verdienen ja damit Geld, dass die Kaputtniks
ihr Zeuch brauchen. Und selber bleiben sie womöglich klien.
Da könnte ich ja gleich Bierhändler werden!
Da fällt mir auf... Augenblick, nur rasch n'neues holen...
Issdochsoo, prost übrigens, also, so issesdoch, dass Alk und
Hasch zwei völlig verschiedene Paar Schuhe sind! Ich mein,
von Hasch wirste doch blöd in'n Kopp, ne, und vor allem:
süchtich!

Jawoll, die sind alle süchtich, die Haschbrüder.
Verdammt, ich hätt doch zwölf Halbe mitbringen sollen, und
der Kiosk hat auch schon zu!
Na denn gute Nacht!

Abends am Weltrand

Es gibt Tage, da brauche ich das ganz einfach.
Manchmal weiß ich das schon gleich beim Aufstehen. Dann
freue ich mich den ganzen Tag darauf.
Oder der Wunsch entsteht spontan. Ich rufe meine Freundin an
und bitte sie, sofort zu kommen. Sie weiß meistens gleich Be-
scheid in solchen Fällen, als wenn sie einen siebten Sinn hätte.
Ich besitze nämlich selbst keinen Führerschein, außerdem
wäre es mir viel zu riskant, in dem Zustand Auto zu fahren.

Wir fahren also raus aus der Stadt und stellen in einer ein-
samen Gegend den Motor ab. Dann lieben wir uns, im Sommer im Grünen, im Winter im Auto. Das ist sozusagen das
Vorspiel. Nicht, dass es keinen Spaß machte, es geschieht eher
automatisch, ist zwar eingeplant, aber nicht die Hauptsache,
weswegen wir hier sind.
Manchmal ist der Fick allerdings dermaßen gut, dass wir hinterher erschöpft und glücklich sind und nichts weiter wollen
als schlafen.
Gewöhnlich handelt es sich bei der Liebe, wie gesagt, um das
Vorspiel. Während die Muni ihre Kleidung ordnet, stopfe ich
derweil schon mal die Pfeife. Vor Aufregung, aber auch wegen
der Entspannung nach dem Sex, lachen wir beide die ganze
Zeit über. Wir befinden uns sozusagen zwischen zwei Rausch-
zuständen auf einem ziemlich hohen Energieplateau.

Die Pfeife ist fertig, Muni auch. Wir setzen uns ganz bequem
in die Sitze.
Alles ist in Griffweite, was wir in den nächsten vier, fünf
Stunden brauchen: Schokolade, Mineralwasser, Kaugummi,
Beruhigungspillen, falls der Trip danebengeht.

Das Zündholz glimmt auf. Beim zweiten Zug brennt die Mundspitze bereits etwas auf den Lippen. Kratzig und doch irgendwie milchig kriecht der Qualm die Luftröhre hinab, setzt sich wie Gummi in die Lungenbläschen. Ein Kribbeln wie von tausend Nadeln geht durch den Körper, geht über in ein tiefes Ziehen in der Magengrube: der Motor ist angesprungen.

Jetzt sind wir untrennbar mit diesem technischen Gerät verbunden, unser Herzschlag gleicht sich dem blechernen Puls an. Mein Blick geht weit in die Dunkelheit hinein, viel weiter als ein Auge sehen kann. Neben mir sitzt ein metallisch glänzender rotblauer Schmetterling, macht schnurrende Geräusche, stößt gelegentlich spitze, schrille Schreie aus.

Ich bin ein brauner Borkenkäfer, der seine Fühler krampfhaft am Sitz festgemacht hat. Unser Chininpanzer beginnt ganz langsam seine Fahrt.

Baumgestalten gleiten beängstigend langsam vorüber, ich möchte ihnen die Hände schütteln, sie am Haar ziehen, mich ihnen zu Füßen werfen...

Durch einen engen Kanal geht es leicht bergab.

An großen Schwingen sackt sanft unser Magen hinunter, zieht den restlichen Körper hinter sich her, den Sitz, die Räder und was da sonst noch an uns klebt.

Ich höre nichts mehr.

Farben der Nacht, ja grün, kaum rot, komisch.

Wo kommen diese Farben her?

Leben sie in der Materie oder in mir?

Hinunter gleiten, tiefer, tiefer, keine Angst, ich bin nicht der, der ich einmal war.

Ich werde ein anderer sein.

Der uralte Traum.

Die obere Welt. Der Weltenbaum.

Kreuzt von links nach rechts. Durch den Gang.

...bum...bum...bum...bum...bum...bum...bum...bum...bum...
bum...bum...bum...bum...bum...
Rechts entlang.
Glitschiges Geländer.
...bum...bum...bum...
Buschiger Schwanz......
...rotbraunes Fell...
- Wo bist du so lange, so lange gewesen? -
Ich bin gekommen!
- Endlich. Ich will dich viel lehren. Gut, dass du zu mir gefunden hast! -
...große Schnauze...
...Ohren aufgerichtet...
Welchen Weg soll ich gehen?
- Den meinigen! Ich gehe voran, es wird leicht für dich sein! -
Aber wohin gehen wir?
- Wohin nur wenige gelangen! -
...die Zunge...
...der heiße Atem...
immer herum, herum...
...Krallen...

Rechtskurve.
Voraus die alte Backsteinkirche. Rechts der alte Kolonialwarenladen, links das verfallende Rathaus, knapp daneben die öffentliche Bedürfnisanstalt.
Jetzt ein Stück Schokolade.
Ich habe Schweißperlen auf der Stirn. Es können höchstens zehn Minuten seit dem Beginn unerer Fahrt vergangen sein, mir kommt es wie Stunden vor.

Dichter Schleier. Ich nehme kleinste Ereignisse rund um
      mich wahr, aber wenn mich jemand ansprechen würde,
            könnte ich kein Wort sprechen.

könnte ich kein wort sprechen

könnte ich kein wort sprechen

könnte ich ein wort sprechen

könnte ich ein wort

ein wort könnte

kein wort könnte

könnte ein wort

ein wort

Die Konferenz

Kannichsoonich... noch voll drauf... kann... nicht... aufstehn.

Nich tun sollen... Verpflichtung... hahaha... Pflicht... die Pflicht ruft... was ruft sie denn?

Wieso glotzt du so, Opa? Noch nie 'ne Frau stoned gesehen?

Endlich.

Abgehauen.

Doch schön so in der Natur.

Besser als in der Bude quarzen.

Puh, noch ganz schön stoned. Hätte ich echt nicht rauchen sollen, das Zeug, so kurz vor der Konferenz.

Wie soll ich'n jetzt... werd doch nich Auto fahren...

Mal schauen: zehn vor zwei.

Oder zehn nach eins? Tja, wer das jetzt so genau wüsste? Wer weiß schon was wie genau!

Wie kann man bloß die Wirkung abkürzen?!

Kon–zen–tra–tions–übungen! Awarenestraining!

Wo bin ich? Im Bürgerpark.

Wie heiße ich? Birgit Raschke.

Okay. Weiter.

Was mache ich hier? Ich sitze auf einer Bank. Allein.

Warum allein? Ach ja, scheiße, die Trennung von Wolfgang. Dieses alte Ekel, dieses Schwein, mich mit seiner Arbeitskollegin zu betrügen, den könnte ich...

Halt! Stop! So nicht, Birgit!

Uff, ganz ruhig. Also noch einmal: Wo wohnst du? Römerstraße 213.

In welcher Stadt? Bremen.

Was bist du von Beruf? Eine elende Lehrerin. In einer jämmerlichen Gesamtschule. Mit bescheuerten Kollegen. Mit denen ich gleich eine Zeugniskonferenz abhalten werde.

Verdammt, die Konferenz.

Wie lange habe ich noch Zeit bis zum Beginn?

Bloß jetzt nicht durchdrehen, cool bleiben. Noch ein Blick auf die Uhr. Aha, halb zwei. Ich will mal versuchen, langsam aufzustehen.

Nein danke, sie brauchen mir nicht zu helfen. Es geht schon.

Idiot. Hau ab. Denkt wohl, ich bin behindert. Oder besoffen, oder'n Junky.

Honky Tonk Woman.

So, Schritt vor Schritt. Na bitte, geht doch.

Wo stand noch gleich mein Auto? Oder bin ich mit dem Bus hergefahren? Oder mit dem Fuß? Quatsch, falsch, das heißt nicht ‚mit dem Fuß‘, mit den Füßen, den Peschen, den Podias...? Egal.

Also, wie nun? Auch gut, dann gehe ich eben nach Gefühl, wohin der Sinn mich trägt. ‚Zu‘ heißt es, jetzt weiß ich es wieder. Wär doch gelacht, was? ‚Zu Fuß‘.

Ach nee. Sieh mal einer an. Was steht denn da? Mein Auto. Und da haben wir ja auch den berühmten Autoschlüssel, ohne den ich das Auto nicht öffnen könnte.

Der Autoöffner.

He, was ist das denn? Die Karre war ja offen! Oder Einbruch? Fehlt was?

Scheiße! Halt! Stop! Nicht durchdrehen, Biggy.

Verdammt! Immer das gleiche! Wenn irgendwas in meinem Leben nicht so läuft, werde ich sofort nervös und kriege eine Himmelsangst.

Die Auseinandersetzung letzte Woche mit diesem Oberstufenschüler, der den Unterrichtsboykott organisierte. Fast hätte ich da losgeheult. Und dann der arrogante Direktor: „Sie müssen da wohl etwas härter durchgreifen, Frau Raschke! Sie sind doch sonst nicht so schüchtern."

Und was war das letzten Donnerstag, als mir auf der Hochstraße schlecht wurde, mir schwarz vor Augen wurde und ich

Herzrasen bekam? Und konnte nirgends anhalten?
Sollte dringend mal zum Arzt... ach was! Weiß ja eh, dass es
nur an mir liegt. Das vegetative Nervensystem!
Deshalb rauche ich ja Shit! Jedenfalls auch deshalb.
Fehlt nichts! Was sollten sie bei mir auch schon klauen.
Ich nehme immer alles zu ernst, stimmt schon. Will immer die
beste sein: die beste Freundin, die beste Lehrerin, die beste
Tochter.
Die Zigaretten sind weg. Die haben sie also doch mitgehen
lassen.

Ich hätte Wolfgang schon viel eher den Laufpass geben sollen. Wir passten doch sowieso nicht zusammen. Ein Prolo und 'ne Lehrerin, wie hätte das gutgehen sollen.

Gut, dass sie die Tasche hinter dem Sitz nicht entdeckt haben, da sind die Unterlagen für die Zeugniskonferenz drin. Ich hör schon den Direktor: "Sie sollten zur nächsten Konferenz ihre Unterlagen mitbringen, Frau Raschke, das macht sich gut!" Am liebsten würde er noch „Fräulein Raschke" sagen, dieses Schwein.

Alle vier Reifen sind noch dran.

Ja doch, blöde Gans. Auch noch albern werden.

Vielleicht lässt es sich ja auch mit dreien fahren, Herr Direktor, Herr Ditorek, Herr Dikertor, Herr Dirokter, Herr Doktierer...

Ich kann doch noch nicht fahren, oder?

Uhrzeit? Zehn vor drei. Zeit wär's so langsam.

Naaa denn, Biggy, looooosss.

Du meine Güte.

Beamtenmentalität

Die Stimmung auf der Rückreise war ausgesprochen gut. Sie hatten ein herrliches verlängertes Wochenende in Amsterdam und an der Nordsee verlebt, hatten sich geliebt und ihren lüsternen Gefühlen freien Lauf gelassen, wann immer ihre Körper nacheinander verlangten, hatten eine Menge Joints geraucht und fuhren jetzt mit Tempo einhundert Richtung deutsche Grenze. Über den Lautsprecher des Autoradios dröhnte Reggae.

Ja, so war es, wenn frau verliebt ist. Elfie hatte es fast vergessen, dieses Gefühl des brennenden Rades, das durch den ganzen Körper gezogen wird, diese gewollte Ohnmacht, dieses Sich-Öffnen-Wollen auf Teufel-Komm-Raus. Sie spürte, wie sich ihre Brustwarzen zusammenzogen und sie überlegte einen Augenblick, ob sie Jonas bitten sollte, an der nächstbesten Parkgelegenheit anzuhalten. Nein, man darf es nicht übertreiben, es wird sonst zu alltäglich. Und außerdem finde ich es blöd, sinnierte Elfie, wenn ich jetzt nur noch ans Vögeln denke. Und außerdem soll man sich einem Mann niemals so einfach hingeben. Und außerdem...

Beide, Jonas und Elfie, kiecherten wie angestochene Schulkinder, als sie sich mühsam und umständlich voneinander lösten, denn viel Platz bot ja so ein Beifahrersitz eines Golf nicht.

„Reich mir doch bitte einen von den Joints rüber!"

Jonas hatte sich kaum richtig angezogen. Elfie war jetzt eh alles egal. Eigentlich wollte sie nach diesem Wochenende kein Haschisch mehr rauchen. Jedenfalls nicht in der Woche. Und auf jeden Fall weniger als in den letzten Tagen. Sie hatte das bestimmte Gefühl, es würde sich weder mit ihrer gesamten inneren Einstellung noch mit ihrem Beruf vereinbaren lassen. Elfie war mit ihren 36 Jahren bereits eine erfahrene Lehrerin und hatte ein recht bürgerliches Leben geführt. Bis Jonas in ihr

Leben eindrang. Er war acht Jahre jünger als sie und für ihn hatte sie sogar ihre Familie im Stich gelassen: ihren Ehemann sowie ihren neunjährigen Sohn.

Jonas rauchte das Tütchen an und überreichte es dann Elfie, die es willig übernahm. Einige Minuten später befanden sich beide wieder unterwegs auf der Schnellstraße. Es war schweigsam im Auto.

Komisch, dachte Jonas, stoned Auto zu fahren geht fast immer ohne viel Worte vor sich. Ist aber auch echt was ganz Besonderes. Man schwebt so vor sich hin - und möchte immer nur weiter, weiter...

Als die beiden deutschen Kurzurlauber an der niederländisch-deutschen Grenze ankamen, waren sie noch nicht wieder ganz bei sich, aber es war ja eh nur ein kurzer Routinestopp. Der niederländische Zöllner winkte sie gleich durch. Und obwohl sich Elfie und Jonas ihrer Sache sicher waren - was sollte schon passieren, die vier, fünf Gramm Shit, die sie noch bei sich hatten, schleppte doch jeder zweite über die Grenze, das wusste man doch! - trotzdem war da so ein eigenartiges Gefühl der Hilflosigkeit und Ohnmacht, wie es einen nur im Niemandsland zwischen zwei Grenzstationen überkommen kann. Den einen Punkt passiert man in der Regel recht einfach, aber noch hat man sein Ziel nicht erreicht. Eigentlich ist schon fast wieder alles in Butter, nur - man muss eben noch den einen letzten Schritt tun.

Der deutsche Zollbeamte sah den weißen Golf mit deutschem Kennzeichen langsam auf sein Dienstgebäude zufahren. Am Steuer saß ein salopp gekleideter junger Mann mit ordentlich gekämmten, kurzen Haaren, daneben seine wohl etwas ältere Begleiterin, auch sie sehr modisch angezogen. Feine Gesellschaft. Seh'n etwas müde aus. Na ja, geht mich ja nichts an.

Jonas brachte den Wagen auf der Höhe des Autoschalters zum Halten und reichte bei laufendem Motor die Ausweise hinaus. Der Beamte schaute kurz hinein und wunderte sich dann selbst über seine Worte: "Fahren Sie doch mal bitte auf den Seitenstreifen!"

Na wenn schon, da kann'ste ruhig suchen. Der Motor schwieg. Was er von den beiden wollte, wusste der Beamte selbst nicht. Mal fragen: woher? wohin? Ein Blick in den Kofferraum und solche Sachen halt.

Was liegt denn da auf der Konsole vor der Frontscheibe? Nee, also so dumm sind die doch nicht?! Wenn die man überhaupt zu den Haschleuten gehören?

„Was haben Sie denn dort liegen? Darf ich das mal sehen?"

Elfie war viel zu gut erzogen, um zu lügen oder irgendeine verrückte Aktion zu starten, das Piece verschwinden zu lassen. Mit schuldbewusster Miene überreichte sie das Knäuel von circa fünf Gramm dem Beamten mit der ängstlichen Frage: "Kommen wir jetzt in's Gefängnis?"

Der musste lauthals lachen. besann sich dann aber seiner obrigkeitlichen Rolle und meinte lakonisch: "Das nun gerade nicht, junge Frau, aber eine Anzeige muss ich schon machen! Sie wissen doch wohl, dass der Besitz von Haschisch verboten ist!"

„Ja, aber", Elfie kamen die Tränen,"ich bin doch Beamtin, da verliere ich ja meine Lebensstellung. Das können Sie doch nicht tun."

Jetzt mischte sich Jonas ein: "Können Sie die Anzeige nicht mir anhängen, ich bin Student, da wird nichts passieren?"

Der Beamte überlegte einen Augenblick. Die Sache schien klar. Das könnte für die Dame wirklich Ärger am Arbeitsplatz mit sich bringen und die Menge, die er da als Corpus delicti in der linken Hand hielt, war nicht gerade sehr üppig.

Elfie hielt den Atem an. Sie würde doch wohl nicht wegen solch einer blöden Sache ihren Job verlieren.

„Na, nun beruhigen Sie sich erst einmal", wandte sich der Zöllner kurzentschlossen an Elfie, "wenn Ihr Begleiter das auf sich nehmen will, dann geht das in Ordnung!"

Es war spät abends geworden. Jonas und Elfie hatten Bremen fast erreicht. Die letzten Hundert Kilometer waren wie immer die ermüdensten gewesen und Elfie war eingeschlafen. Noch im Schlaf geisterte ein fester Vorsatz durch ihren Kopf: "Ich werde nie wieder Shit rauchen!"

Griechischer Blues

In den Straßen wimmelte es von Menschen, ganz Piräus schien auf den Beinen zu sein. Man sah einzelne Soldaten auf dem Weg zum Bahnhof ihr schweres Gepäck schleppen, das Gewehr über der Schulter, die rechte Hand am Riemen. Feine Geschäftsleute schlenderten gemächlich die Boulevards entlang, ein wenig Entspannung nach den Geschäften suchend - die nicht selten im Bordell zu finden war. Halbwüchsige, barfuß laufende Jungen in kurzen Hosen suchten die Trottoires nach Zigarettenstummeln ab oder hielten nach Reisenden Ausschau, die sie übers Ohr hauen konnten.

Überall war ein einziges Gewirr von Stimmen zu hören. Die Melonenverkäufer priesen ihre Ware an:"Melonen! Die besten, glauben Sie mir, die es in ganz Piräus gibt!"

Die Losverkäufer brüllten um die Wette:"Morgen. Morgen, morgen, Kinder. Die Ziehung. Die letzten Lose. Macht euer Glück!"

An jeder Straßenecke stand ein Zeitungsjunge und schrie die Schlagzeilen der Stunde in den milden Frühherbstabend des Jahres 1940:

„Steht der Angriff der italienischen Faschisten unmittelbar bevor?"

„General Metaxas erklärt: Griechenland ist gerüstet!"

„Churchill hält zu uns!"

Markos, genannt der Faule, bahnte sich einen Weg durch die verstopften hafennahen Straßen. An der Ecke Ipsilanti-Tsamadon hörte er jemanden hinter seinem Rücken rufen:"He, Marko, alter Sünder, wohin so eilig?"

Da hockte der alte Stavros auf seinem wackeligen Hocker, neben sich die Geige, auf der er für ein paar Drachmen für die Passanten einfache Lieder spielte. Ihm fehlte das rechte Auge sowie das linke Bein, die er vor fast dreißig Jahren in den Balkankriegen verloren hatte.

Markos ging auf ihn zu. „Stavro, Alter, wie läuft's? Was machen die Frauen?"

„Ach, hör auf!" Der Alte machte eine abwehrende Handbewegung.

„Die besten Zeiten sind vorüber, fauler Marko, ein bisschen fideln für Zigaretten und Schnaps und dann geht der alte Esel von dieser Welt, hörst du?!"

Markos lachte:"Du übertreibst, Stavro, du lebst länger als ich, sollst sehen. Und sag nie, dass du mit den Frauen durch bist, Alter. So, Schnaps und Zigaretten? Und das andere? Na, du weißt schon?"

Stavros grinste hämisch:"Marko, mein Lieber. Du weißt es genau: verboten. Der Stoff ist verboten. Und du willst doch wohl nicht mit dem Gesetz in Konflikt kommen, nicht wahr?"

Markos hob die Schultern an und schob die aufgerichtete rechte Handfläche gegen den alten Mann:"Wo denkst du hin, Stavro? Ich doch nicht".

Beide lachten dreckig. Markos hatte von seinen bisherigen dreißig Lebensjahren fünf im Knast verbracht wegen Diebstahls, Widerstand gegen die Polizei, Raub und Haschischkonsum. Den Mord an Michalis Mavrodakis hatte man zum Glück nicht ihm zugeschrieben, das Handgemenge in der Haschkneipe war dermaßen verwickelt und alle waren eh stoned, so dass es hinterher keine Spuren mehr gab. Schade um den guten Kerl, den Michalis, aber er hätte eben bei seiner Musik bleiben sollen, war ein verdammt guter Rembetis, Baglava-Spieler. Aber nein, er musste sich an seine Maria heranmachen. Den ganzen Abend schon. Bis es Markos zu bunt wurde. Du hast genug für heute gespielt, hatte er zu ihm gesagt, du kannst nach Hause gehen.

Michalis hatte das als Scherz aufgefasst, dieser dumme, kleine, zarte Kerl. Was war nur in ihn gefahren, er musste doch wissen, dass ein Mangas, wenn er sein Messer einmal herausgeholt hat, es nicht eher wegpackt, bevor nicht Blut geflossen ist. Und Markos war ein stadtbekannter und gefürchteter Mangas...

Während ihrer Unterhaltung näherte sich ihnen ein Polizist.

„Nun, Väterchen, ich gehe dann mal weiter", spielte Markos den Unschuldigen, „du findest mich bei Linardos, wie immer."

Der Alte nickte stumm und der faule Markos setzte seinen Weg fort.

Es war noch nicht lange her, dass es verboten war, Haschisch zu rauchen und ganz streng wurden die Gesetze auch nicht immer angewendet. Schließlich gab es nicht nur Konsumenten unter den Gesetzeshütern, auch die weniger nachlässigen Beamten konnte man mit einem kleinen Bakschisch zu einer Änderung ihrer Meinung bringen, meistens...

Jedenfalls gab es bereits Razzien in den einschlägigen Lokalitäten, lediglich versteckte Treffpunkte außerhalb des Zentrums blieben unbehelligt.

Aber Markos strebte nicht hinaus in die Vororte, er kannte einen Laden, wo man exzellent bedient wurde, im Hinterzimmer, versteht sich. Vorne gab es hervorragende Musik, oft spielte Vamvakaris dort mit seinen berühmten Kollegen Stratos, Batis und Artemis. Hinten gab es - natürlich nur für vertrauensvolle Stammgäste die Nargile, die Wasserpfeife. Dorthin wollte er wie jeden Abend gehen.

Eine eigenartige, gespannte Atmosphäre lag über der Stadt, über dem ganzen Land. Niemand wusste, wie lange der Frieden noch dauerte. Nur eins war klar: der Krieg musste kommen, daran war nicht zu zweifeln. In Europa hatte dieser verrückte Schnauzbart schon einen hübschen Teil eingesackt und der italienische Grimassenschneider ließ seine Truppen an der griechisch-albanischen Grenze aufmarschieren.

Na und, sagte sich Markos, haben wir den Krieg provoziert? Das sollen die da oben unter sich ausmachen, nicht mit mir, nicht mit Markos Mitsakis.

Als er die Tür zu Linardos Kneipe öffnete, drang ihm die melancholische Stimme des Vamvakaris entgegen:

„Begrabt meinen Körper in meiner geliebten Stadt am Bosporus..."

Mitten im Lied grüßte er den eben Eingetretenen:"Grüß dich, fauler Marko, mögest du lange leben!"

Dann ging er sogleich wieder in den Text seines Liedes über.

Markos setzte sich an einen Tisch, nickte einigen Männern an den Nebentischen zu und bestellte einen Kaffee und einen Ouzo. Der Schmerz, jeden Abend aufs neue an die Heimat erinnert zu werden, war groß. Aber noch größer wäre er, wenn man ihn mit niemandem teilen könnte. Fast alle anwesenden Männer stammten aus Kleinasien und waren in den zwanziger Jahren mit ihren Familien vor den Türken geflohen.

Als „sein" Lied gespielt wurde, „Im Hamam von Konstantinopel", in dem es um Haschisch, Musik und Frauen geht - was sonst noch gab es erstrebenswertes auf dieser Welt - ließ er einen Teller vor sich auf dem Boden zerschellen.

Währenddessen war sein Gesprächspartner, der Krämer Tsoumbas, aufgesprungen und stand nun fast unbeweglich mit ausgebreiteten Armen auf der kleinen Tanzfläche, den Kopf vornüber geneigt.

Ganz langsam bewegte er einen Fuß vor den anderen, dabei die Balance mit den Armen haltend. Alle übrigen beobachteten ihn gebannt. Vamvakaris flocht wieder einen aufmunternden Spruch in seinen Text:

„Grüß dich, Tsoumbas, alter Bock. Tanze hundert Jahre!"

Markos winkte den Kellner herbei.

„Wird hinten bedient, Junge?" fragte er.

„Jawohl, Kir Mitsakis. Soll ich einen Platz reservieren lassen?"
„Tu das, mein Junge, ich komme in wenigen Minuten."
Markos war zufrieden mit dem Tag. Er hatte einige kleinere Geschäfte tätigen können, Waffenschmuggel, Benzin, nichts von Belang. Aber bald würde der Krieg beginnen, da würde er fette Gelegenheiten haben...

Markos Mitsakis erhob sich von seinem Platz, nickte Vamvakaris und seinen Musikern zu und verschwand durch die Hintertür. Über den Hof ging er in ein Nebengebäude, aus dem ihm sofort der süßliche Geruch von Haschisch entgegenströmte. Er legte sich auf einen gemütlichen Divan und man reichte ihm die Nargile.
Nach wenigen Minuten hatten sich seine Gedanken in kleine silbrige, hin und her fahrende Weberschiffchen verwandelt und Markos war im siebten Himmel.

Es war weit nach Mitternacht, mittlerweile der 28.Oktober 1940. Zur gleichen Zeit tagte der griechische Kriegsrat einige Kilometer entfernt in höchster Aufregung. Die anwesenden Minister bekreuzigten sich mit Tränen in den Augen und riefen:

 „Gott rette Griechenland!"

Wenige Stunden zuvor hatte
der Vertreter Roms das
entscheidende Ultimatum
übergeben und um 5.30 Uhr überschritten die italienischen

Truppen die griechische
Grenze.
Für Markos Mitsakis, der das
alles noch nicht wusste,
begannen lange, unruhige
Jahre,
ohne Nargile...

Rolling Stoned
(„Eat a Little Rhythm and Blues")

Das abgewetzte graue Gebäude hatte auch schon bessere Zeiten gesehen. Es hatte wirklich nichts ansehnliches mehr, der Putz bröckelte von den Wänden und an einigen Stellen hing die Dachrinne verdächtig weit auf den Gehsteig herunter. Überall lag Abfall herum und wer genau hinsah, konnte die eine oder andere Ratte weghuschen sehen.

Hier, gegenüber der Ealing Brodway Station, stand der Club, der in den letzten Wochen so von sich reden machte. Jeden Samstag abend spielte dort Alexis Korner mit seiner Blues Incorporation und es war bekannt, dass in den Pausen sowie zu vorgerückter Stunde jeder mitjamen durfte, der sich zutraute, sein Können auf der Bühne zu zeigen.

Und das trauten sich nicht wenige ehrgeizige, junge Männer zu!

Um in den Ealing Club zu gelangen, musste man an der ABC Teestube die Treppe hinabsteigen und sich unten scharf links herum wenden. Früher spielten hier ausschließlich die zahlreichen Trad Jazz Bands, aber seit einigen Monaten gehörte der Samstag der langsam anwachsenden Schar von Bluesfreunden. Es war gegen viertel vor acht, das Konzert sollte um halb neun beginnen. Draußen standen bereits etliche Besucher an der Tür, Einlass war ab acht. Kaum einer über dreißig, viele sogar unter zwanzig. Unter ihnen Mick, ein 19jähriger Ökonomiestudent, der mit seinem Freund Keith gekommen war, um zu sehen, ob es stimmte, was die Leute sagten: die absolute Topband Londons im Blues, ja, die interessanteste Band vielleicht des gesamten UK gehörte Alexis Korner.

Unten im Übungsraum, einem kleinen Zimmerchen neben dem Vorratskeller, machten sich die Musiker bereit für ihren Auftritt. Der Chef, Alexis, würde erst später dazustoßen, dringende Geschäfte hielten ihn ab. (Genauer gesagt spielte er einen Sologig, um die Haushaltskasse aufzubessern!)

„Hey Dick, reich doch mal die Whiskeypulle rüber, ich muss mich stimulieren, hahaha."
Cyril nahm die Flasche vom breitschultrigen, fast kahlköpfigen Saxplayer in Empfang und nahm einen großen Schluck. Das waren die einzigen Momente, dass er seine Kippe aus dem Mund nahm, denn bekanntlich hat der Mensch noch nichts erfunden, um gleichzeitig zu rauchen und zu saufen...

Dave kam immer erst kurz vor Beginn des Gigs. Was hätte er auch im „Übungsraum" ohne sein Instrument machen sollen, er spielte Piano und der Ealing Club besaß nur ein solches Ding, eben auf der Bühne. Etwas besser dran war da schon Charlie, der wenigstens ein bisschen auf der Snare knüppeln konnte, Rudiments und so, das lockerte die Handgelenke.

„Guck dir den Grünschnabel an!"
Cyril konnte das Sticheln nicht lassen und wies in Jacks Richtung.
„Wir ehrenwerte ältere Herren trinken vernünftigerweise unseren Whiskey und dieses Greenhorn dreht sich 'n Joint. He Kleiner, wirst ihn auch vertragen? Pass auf, dass du nicht die Scheißeritis bekommst!"
Die beiden „älteren" Herren fielen in dröhnendes Gelächter ein.

Währenddessen hatte man die Besucher in den großen, spartanisch eingerichteten Raum gelassen, der auf der einen Seite von der Bühne, auf der anderen von einer selbstgezimmerten Theke beherrscht wurde. Mehr als maximal 110 Personen gingen nicht hinein und zu gut zwei Dritteln war er bereits gefüllt. Die meisten der Gäste waren selbst Amateurmusiker und deren Freunde, die Begeisterung für den Blues, der ja seine Wurzeln in Amerika hatte, hielt sich in Grenzen. Wir schreiben das Jahr 1962 und es gibt erst eine Handvoll Enthusiasten in London, Birmingham, Liverpool oder Newcastle, die die alten Meister vom Range eines Robert Johnson, Muddy Waters oder Howlin' Wolf, um nur einige zu nennen, mehr oder weniger gelungen kopieren.

Auch Mick und Keith machten Musik und wollten heute abend unbedingt mitjamen, später, nach dem eigentlichen Gig, denn Alexis war dafür bekannt, allen Newcomern auf der Bühne eine Chance zu geben. Insgeheim hoffte Mick sogar, schon in der Pause durch den Vortrag eines Songs den Chef zu überzeugen und vielleicht sogar einen Teil des regulären Gigs mitsingen zu dürfen.
Bescheiden konnte man ihn wahrlich nicht nennen, den jungen Shouter, aber seine Stimme, die gleichzeitig schüchtern als auch angeberisch, rauh und süß zugleich klang, hatte etwas an sich, worauf er stolz war und das er noch kaum je bei anderen Sängern gehört hatte. Deswegen war er sich seiner Sache so sicher.
Keith war Mick zuliebe mitgekommen, er hätte viel lieber zu Hause auf seiner Gitarre geschrammelt, neuerdings wollte er ständig üben, nie wurde es ihm zu viel. Was die anderen so spielten, war ihm ziemlich egal, er wusste genau, was er wollte, und nur das allein zählte.

Die Tür zum Übungsraum ging auf und man konnte für einen Augenblick einige Takte von „I got my brand on you" hören, Cyrils klare, mit viel Brillanz versehene, fordernde Stimme, Dicks harte Saxshouts, die durch Mark und Bein gingen, Jacks intelligentes und abwechslungsreiches Spiel auf dem Kontra-

48

bass sowie Charlies fast jazziges Getrommel auf der Snare. Sofort schwoll der Lärmpegel an, alles spitzte die Ohren, bald würde es losgehen.

Dave war bereits am Piano auf der Bühne am herumhantieren und das Publikum feuerte ihn an:
„Hey Dave, hau in die Tasten, zeig uns den Blues!"
„Hey man, hier spielt die wahre Musik in London!"
„Stevens, Mensch, den Count und den Duke steckst du doch in die Tasche!"
Alle lachten.
„Los Dave, spiel uns mal 'n strammen Boogie Woogie!"
Der ließ sich nicht zweimal auffordern, es kam zu einem lauten Freudengegröle, aber dann war es sehr still, alle hörten aufmerksam zu, wie Steve den „Way Back Blues" spielte.
Mittlerweile war auch Alexis eingetroffen, der ein wenig genervt aussah. Cyril reichte ihm die Whiskeyflasche, doch er lehnte ab.
„Gibt's nicht 'ne Portion gutes Grass im Haus? Das wäre jetzt das richtige für meine Nerven!"
„Frag den kleinen Schotten!" - Cyril wies auf Jack - „der hat bereits einen Joint intus."
Bereitwillig drehte Jack ein Tütchen für seinen Chef, der sich derweil schon mal ein Bierchen genehmigte.
Dick war eigentlich ein sehr ruhiger Mensch. Er war ein sehr erfahrener Saxophonspieler und doch war er vor jedem Gig ziemlich aufgeregt, Lampenfieber nennt man das wohl.

Um diese Nervosität zu überspielen, schmiss er Beruhigungspillen ein und goss reichlich Whiskey drauf. Ein Wunder, dass sein exzellentes Spiel nicht darunter litt.

Nebenan erscholl Riesenapplaus. Das war das Zeichen für Alexis, der den letzten Zug Jack überließ, aufzubrechen.
„Los Jungs, zeigen wir ihnen, wie der echte Blues geht!"
Jetzt ging die Post ab. Jeder wollte der Band einige aufmunternde Worte zurufen. Fast jeder der Zuschauer wäre freilich selbst gerne oben auf der Bühne gewesen und hätte seinen Lebenstraum verwirklicht: von der geliebten Musik zu leben.

Der allgemeine Alkoholpegel im Raum hatte schon ein beachtliches Ausmaß erreicht, so dass kaum jemand bemerkte, dass die Musiker selbst auch voll waren.
Charlie baute seine Snare auf und Alexis zupfte ein wenig auf seiner akustischen Gitarre herum, die anderen hatten sich ja bereits warm gespielt.
Und dann begannen sie mit dem ersten Stück: „Rain Is Such A Lonesome Sound".
Und alles grölte, klar, das wollten sie hören, Musik über ihren Alltag, über Frauen und Enttäuschungen, Einsamkeit und Zweisamkeit.

Mick sang für sich alle Lieder mit, er kannte alle Texte. Er musste zugeben, dass Cyril phantastisch sang, wie würde er da mithalten können? Vielleicht sollte er doch ein Bier trinken. So ein Tee bringt's da nicht...
Übrigens gefiel ihm dieser Schlagzeuger.
„Den könnten wir für unsere Band gut gebrauchen, Keith, was meinst du?"
Der überlegte einen Augenblick, bevor er träumerisch antwortete:"Wär schon nicht verkehrt!"

Den passenden Namen hatten sie jedenfalls schon:

Rollin' Stones.

Als auch der letzte Besucher den Ealing Club verlassen hatte, kreiste noch einmal die Whiskeyflasche, bis sich auch die Bandmitglieder voneinander verabschiedeten.
Aufrecht gehen konnte niemand mehr, aber es war wieder mal ein toller Abend.

Uni-Geflüster

Die Armada, bestehend aus Professor Langasser nebst Gefolge, bog um die Ecke des Ganges und strebte eiligen Schrittes auf Hörsaal 5 zu. Es war regelrecht zu einem Ritual geworden, dass seine Assistenten und Doktoranden ihn an seinem Arbeitszimmer abholten, um dann gemeinsam mit dem Fahrstuhl ins Erdgeschoss zur Vorlesung zu fahren. Man konnte gar nicht oft genug im kleinsten Kreis den Worten aus dem Munde des Chefs lauschen. Auch war es bedeutend einfacher, außerhalb der Sprechzeiten Fragen zu stellen und kleine Tipps und Hilfestellungen zu bekommen.

Selbstverständlich schmeichelte dies dem Ordinarius des Fachbereichs Soziologie, der sich im übrigen einiges auf die Betreuung seiner Studenten und Mitarbeiter zugute hielt. Obwohl es schon etwas albern aussah!

Als ob er den Weg zum Hörsaal nicht alleine zurücklegen könnte!?

Der Hörsaal war bis auf den letzten Platz gefüllt, was sicherlich auf das Vorlesungsthema zurückzuführen war: „Außenseiterrollen und Drogen in der modernen Leistungsgesellschaft".

In der ersten Reihe saßen all die langhaarigen jungen Studentinnen in wallenden Gewändern oder in engsitzenden Jeans. Wahrscheinlich hoffte jede von ihnen im Stillen, der Herr Professor würde sie besonders beachten, womöglich zum Essen einladen und danach, bevor er mit ihr ins Bett ginge, einen Joint rauchen.

Schließlich sah Wolfgang Langasser nicht gerade wie ein Waisenknabe aus, der schlanke, hochgewachsene Mann mit dem dezenten, aber vollen Schnauzbart, der immer etwas nachlässig gekleidet war, den obersten Hemdenknopf offen, manchmal sogar das Hemd aus der Hose heraushängend. Freilich trug er ausschließlich Markenkleidung und ließ sein Haar von den besten - will heißen teuersten - Coiffeurs der Stadt stylen.

Dass er sich oftmals, rhetorisch gewandt, in charmanter Weise an die Damenwelt der ersten Reihe wandte, unterstrich diese besondere Beziehung zwischen Professor und Studentinnen. Von den übrigen Zuhörern wurden diese buhlenden jungen Frauen respektlos die „Nutten" genannt. Freilich mussten letztere jeweils zwei Plätze am äußersten Rand freilassen für die Assistenten und Lieblingsdoktoranden, damit jene bei Bedarf dem Herrn Professor sofort zur Hand gehen konnten.

Langasser warf mit einem leichten Schwung seine Uraltaktentasche auf das Rednerpult und blickte mit seinem unnachahmbaren spöttischen Blick in die Runde. Schon ging es wieder los, er konnte es einfach nicht abstellen.

„Na und, heute stört es mich nicht mehr, vielleicht bin ich ja wirklich schizophren. Genie und Wahnsinn sollen ja dicht beieinander liegen..."

„Guten Tag, meine Damen und Herren!"

Stummes Nicken, vereinzelte Nuschellaute.

„Grüßen ist nicht mehr in, schon gut, Lumpenpack."

„Ich hoffe doch nicht, dass Ihre zahlreiche Anwesenheit ein irgendwie abwegig geartetes Interesse am Gegenstand unseres Themas bekundet."

Allgemeines Schmunzeln, einige abwehrende ‚Ih wo' - Rufe.

„Ist doch klar, dass jeder Zweite von euch quarzt! Verstellt euch bloß nicht, Scheinheilige!"

„Nun, beim letzten Mal haben wir den Begriff der sozialen Rolle als Bündel normativer Verhaltenserwartungen..."

„Alles theoretischer Schwachsinn. Was ist heute für ein Tag? Donnerstag? Dann ist heute Herrenabend..."

„...beschrieben, die von einer Bezugsgruppe oder mehreren Bezugsgruppen an Inhaber bestimmter sozialer Positionen herangetragen werden."

„...das heißt, ich muss noch die Haushaltshilfe anrufen, damit

sie im Esszimmer kleines Gedeck für acht Personen auflegt...“
„Wie wir gesagt haben, sorgen Rollen für ein regelmäßiges, vorhersagbares Verhalten als Voraussetzung für planbare Interaktionen...“
„...natürlich nicht die Wasserpfeife, die holen wir uns später am Abend schon selbst aus der Glasvitrine im Flur. Man soll ja nicht unnötig Verdacht erwecken...“
„...wo war ich stehengeblieben, ähem, planbare Interaktionen, wodurch sie eine allgemeine soziale Orientierungsfunktion erfüllen. Die Verhaltensweisen werden zwar an die Individuen herangetragen...“
„...vielleicht gelingt es uns ja dieses Mal, Müllerchen zu überreden, einen Joint mitzurauchen. Er hat‘s als einziger noch nie probiert. Und das als Altachtundsechziger...“
„...beziehen sich aber auf die sozialen Positionen, die sie einnehmen...“
„...fünf Gramm roter Libanese müssten noch im Schreibtisch liegen, und dann habe ich ja gerade eben diesen genialen Nepalesen vom Kollegen Breithaupt bekommen, der von seinen Ausgrabungen aus Nordindien zurückgekehrt ist...“
„...sind demnach auf Individuen als Positionsträger gerichtet...“
Langasser richtete sich von seinem Manuskript aufblickend empor und schaute in die Runde. Freundliches Zunicken der Assistenten und Doktoranden.
Die Nutten hingen an seinen Lippen.
„Die dort vorne, die Dritte von links, das wär schon was! Wie heißt sie noch gleich? Frau Helmer, richtig. Die war doch neulich in meiner Sprechstunde...“
„...soziale Positionen bezeichnen...“
„...wollte sich zum Examen melden und bat um ein Thema. Dabei hat sie von Tuten und Blasen keine Ahnung. Vom Blasen vielleicht ja doch!? - Abgeschmackt, Langasser! Sie möchte noch ein Semester warten, habe ich ihr geraten, ihre Literaturkenntnisse vervollständigen. Pa, Kenntnisse! Eher die Lücken verkleinern!“

Der Punkt war erreicht. Langasser brauchte sich nicht mehr auf sein Vorlesungsmanuskript konzentrieren, es lief ganz von allein. Andererseits konnte er auch nicht mehr eingreifen. Etwas drängte ihn aus seiner Vorlesung heraus. Er stand am Katheder und bewegte seine Gesichtsmuskeln, den Unterkiefer, die Lippen und die Zunge. Das Auditorium lauschte seinen Worten, nur er selbst hörte sich nicht, er driftete in Gedanken weit ab. Kam vom hundertsten zum tausendsten, alles ging ihm durch den Kopf, nur keine soziologischen Sachverhalte.

Er war der Träumer Wolfgang, während ein ihm unbekannter Professor Langasser lang und breit dozierte.
Fußballergebnisse, Speisekarten, Automarken, Frauen (abgelegte und noch zu erobernde), Telefonrechnungen, Gehaltsabrechnungen, Seminarsitzungen, Cognacmarken, Haschischerlebnisse, Börsennotierungen, Galaxien, Unendlichkeiten...
Und doch bin ich nur ein kleiner Langasser, der kleine Wolfgang.
„Wölfi, komm rein, es gibt Abendessen!"
„Ich möchte aber noch ein wenig mit den anderen Kindern spielen! Bitte, Mami!"
Professor Wölfchen.

Der große böse Wolf. Ein Tolpatsch, dem sein Sohn dauernd auf die Sprünge helfen, alles ausbaden muss, was der Alte ihm eingebrockt hat.
(Wenn ich doch nur einen Sohn hätte!)
Ja ja, ich werde nie erwachsen werden. Brigitte hat ja so recht. Die einzige Frau in meinem Leben, die ich wirklich geliebt habe.
„Du begreifst einfach nicht, worum es mir wirklich geht, Wolfgang. Sitzt hinter deinen Büchern, lebst für das Seminar.

Glaubst, dass du dich dadurch selbstverwirklichst. Du bist eben niemals wirklich für mich als Partner dagewesen. Es tut mir leid. Aber ich kann so nicht mehr länger weitermachen. Leb wohl!"

„...hat sich also solchermaßen die Rolle als eine der zentralen Kategorien in der Soziologie herausgestellt, die auch in der Problematik des Drogenabusus fruchtbar angewendet werden kann. Ich danke Ihnen, meine Damen und Herren!"

Gut zweihundert Fingerknöchel trommelten auf die altmodischen Bänke und Langasser steckte in aller Seelenruhe sein Manuskript in die Aktentasche und begab sich zum Ausgang. Sofort waren seine Bewunderer an seiner Seite und bedrängten ihn mit intelligentem Nachfragen. Ein wenig erwärmte sich der Professor sogar an dieser erbärmlichen Sonne.

„Entschuldigung", resolut drängte sich eine junge Dame direkt zu Langasser vor,
„hätten Sie einen Augenblick Zeit für mich, Herr Professor? Ich habe noch einige Fragen zu meinem Vortrag im Examenskolloquium!"
„Aber gewiss, Frau Helmer. Wenn Sie bitte mit in mein Arbeitszimmer kommen möchten!"

Wolfgang Langasser straffte seinen mittvierziger Körper

durch.

Frauen.

Galaxien.

Ein Pfeifchen.

Ecstasy

„Ej Alter, das kommt verdammt gut, das Stück. Ich dreh' noch durch heute nacht!"
In wilden Zuckungen bewegte sich Joshi über die Tanzfläche, und das jetzt schon seit knapp drei Stunden.
Thomas stand ihm da kaum nach. „Echt geiler DJ. Der haut dich glatt um."
Manchmal sahen die beiden wie wildgewordene Charleston-Tänzer aus den zwanziger Jahren aus, die Arme lang nach unten hängend, die Hände leicht abgewinkelt, mit unermüdlicher Beinarbeit, vor, zurück, vor, seitlich, rückwärts...
Dann wieder schienen sie zu Schattenboxern zu mutieren, deren geballte Fäuste auf- und abwalkten wie eine Pleuelstange.
Ständig wechselten sie den Bewegungsrhythmus, die Richtung sowie die Intensität. Ihre Körper schienen direkt an die laute Musik angeschlossen zu sein, die aus den riesigen Boxen dröhnte.
Grelle Lichtfetzen mischten sich mit Nebelschwaden.
Faszinierend: wenn du mitten in der dichtesten Wolke stehst, kannst du die Hand nicht vor den Augen sehen, vielleicht bist du gar nicht mehr da...

Jetzt kamen auch Steffi und Barbara wieder auf die Tanzfläche. Ein vierstimmiges schrilles Kreischkonzert setzte ein, als die beiden von Thomas und Joshi erkannt wurden.
Flüchtige Umarmungen.
Küsschen auf die Wange.
Noch einen Jauchzer loswerden.
Dann tauchte wieder jeder für sich in seine eigenen Tanztiefen.
„So intensiv und authentisch kannst du das ohne Drogen doch gar nicht erfahren!" hatte Joshi einmal zu Sven und Basti gesagt, als sie über Bewusstsein und Authentizität diskutierten.
Die beiden waren Vegetarier und nahmen aus Prinzip keinerlei

Rauschmittel zu sich. Gesundheitsapostel sozusagen.

Aber die gehen eh nicht tanzen, kennen nicht diesen Augenblick, wenn sich dein Ich vom Körper löst, die Ekstase dir die letzten Kraftreserven abverlangt und doch immer wieder neue Energie von irgendwoher dich findet.

Du greifst dir ein paar Lichtwirbel, grüne, blaue, rosa, windest dir in Sekundenschnelle einen schillernden Kranz, den du der neben dir tanzenden Person auf Knien überreichst.

Der phosphoreszierende Nebel hüllt euch vollständig ein, ohne dass ihr auch nur voneinander ahnt.

Ihr seid zwei pulsierende Galaxien inmitten einer chaotischen Ansammlung außergewöhnlicher Gestirne.

„Ich werde mal kurz nachtanken!" Joshi verließ schweißgebadet die Tanzfläche. Er musste sich förmlich zwingen, für einen Augenblick wieder die Herrschaft über seinen Körper zu übernehmen. Auch hier auf dem schmalen Gang zwischen den Stuhlreihen und Tischen, an denen sich müde Tänzer und Zuschauer ausruhten oder im Thekenbereich konnte er sich nur mit Mühe der Faszination und des Sogs erwehren, die dieses Gemisch aus Musik, Atmosphäre, Lichtreflexen, Rhythmus und vor allem dem Verliebtsein in den eigenen Körper in ihm auslösten. Nur jemand, der sich selbst so schrankenlos vergötterte, der alles von sich forderte, aber auch alles für sich verlangte, nur der konnte in dieses rauschhafte Stadium gelangen.

Eine Aura schien Joshi zu umgeben, schien alle Diskobesucher zu umgeben, die dem Augenblick einen Glanz und die Weihe verlieh, die das Blut zum Kochen bringt und dich alles vergessen lässt.

Auf der Toilette ließ Joshi kaltes Wasser in seine zu Schaufeln geformten Hände laufen und erfrischte sein Gesicht. Dann umschloss er mit seinen Lippen den Wasserhahn und trank gierig Schluck um Schluck. Er hatte überhaupt nicht bemerkt, wie sehr sein Körper bereits nach Wasser lechzte.

So. Das waren bestimmt zwei Liter. Jetzt kann's weitergehen.

Verdammt, alle Kabinen besetzt!

Warten wir halt ein wenig.

Aha, wer sagt's denn.

So, was haben wir denn da noch?!

Die grüne hier, die hab' ich ja vorhin auch eingeschmissen, die bringt's doch ganz gut!

Vielleicht nachher noch eine zum Runterkommen, na ja, eben zum Auschillen.

Thomas schien den gleichen Gedanken gehabt zu haben. Die beiden Freunde gaben sich die Klinke in die Hand.

Das gedämpfte Licht im Thekenbereich nahm Joshi behutsam an die Hand und geleitete ihn die Treppe hinab, vorbei an der Sitzecke, an den Rand der Tanzfläche. Willig und vertrauensvoll schmiegte er seine kleine verschwitzte Hand in die große warme Pranke. Er fühlte sich wie ein Hündchen, welches sein Herrchen an einen wunderschönen Platz führt, sei es ein warmes Kuscheleckchen oder an einen vollen Fressnapf. Darauf kam es doch gar nicht an.

Geführt zu werden, sich zurücklehnen dürfen - und trotzdem aktiv teilnehmen, wach sein, dabei sein, etwas schöneres konnte es nicht geben.

Und niemals ans Ende gelangen...

Joshi stand an dem eisernen Geländer, welches die Tanzfläche umgab. Er schaute hoch in die Kuppel der Halle. Da kam von oben herab eine Troika auf einem violettmetallisch glitzernden Laserstrahl geritten, von einer irrwitzigen, schnell trommelnden Hymne begleitet.

Der riesige Schlitten stand im Nu vor ihm, ein großer schlanker Mann mit langen, in alle Richtungen wild umherflatternden Haaren nahm ihn mit einer majestätisch ausholenden Geste in Empfang. Und schon saß Joshi im Schlitten neben dem großen Unbekannten und ab ging die Post.

Alles dies dauerte nur Bruchteile von Sekunden.

Stakkato-Beats frästen sich knapp unter das Schädeldach, Gesicht und Kehle waren irgendwie gefühllos, dafür brodelte es in den Eingeweiden.

Halb sechs. Der Laden macht dicht. Thomas und Barbara waren längst verschwunden.

„Kommst du mit zu mir?" Steffi kuschelte sich eng an Joshi.

Der druckste ein wenig herum.

„Weiß nicht!"

Wie oft hatten sie dieses Spielchen schon durchgespielt. Joshi war eigentlich kein bisschen scharf auf Steffi. Sie war eine Freundin, eine von mehreren.

Manchmal träumte er von der großen Liebe, Familie, Kinder und so. Mit welcher Frau all das passieren könnte, wusste er nicht.

Jedenfalls nicht mit Steffi.

Aber Ficken ist immer gut, dachte er sich, sonst fehlt was im Leben. Und Steffi stand ja sowieso auf ihn. Da hat sie selbst Schuld, wenn sie sich auch noch anbiedert.

„OK, gehen wir."

Und zwei alles in allem zufriedene, müde, sich gegenseitig stützende, neunzehn Jahre junge, alt aussehende, aschgraue, blauumränderäugige Krähen stolperten den Bordstein entlang.

Um die Mittagszeit wachte Steffi auf.

Neben ihr lag Joshi auf dem Bauch ausgestreckt, sein Atem ging gleichmäßig und tief. Es war doch eigentlich noch ganz nett gewesen. Immer ist es dasselbe mit Josch. Erst sträubt er sich und dann ist er so temperamentvoll, dass er gar nicht genug von ihr kriegen konnte. Heute morgen war es ja mal wieder extrem. Immer wieder wollte er ihre Brüste zärtlich küssen, und dann musste sie seine kleinen Brustwarzen streicheln und ihn auf den Mund küssen. Fast war es ihr zuviel geworden, aber sie wollte Josch nicht enttäuschen. Sie hatte die Hoffnung noch nicht aufgegeben.

Während Steffi ihren Gedanken nachhing, hatte sie fast automatisch einen Joint gedreht. Josch rührte so Zeug nicht an, er schmiss nur Tabletten. Steffi hingegen rauchte gerne Shit, wenn sie sich entspannen wollte. Es machte so schön müde und träumerisch. Und Träumen war eine ihrer Lieblingsbeschäftigungen...

Der rauchende Roland

Vorsichtig setzte die gedrungene Gestalt Schritt vor Schritt. Ihr Gang war leicht pendelnd, der Körperschwerpunkt nach vorne verlagert, der Kopf nach unten geneigt, als schienen die hervorgetretenen Augen jeden Quadratzentimeter Bürgersteig absuchen zu wollen. Kaum blickte das nächtliche Wesen auf, wenn sich ihm andere Wanderer im Dunkelreich näherten.

Wozu dies alles?
Worin liegt der Sinn, dieses Welttheater mitzuspielen, immer weiter mitzuspielen, um schließlich eines Tages zum Assistenten des Regisseurs zu werden?
Dieses Spiel, das sich Leben nennt. Geburt, Schule, Studium, Heirat, Familie, Seitensprung, Versöhnung, Eifersucht, Seitensprung, Scheidung... dann geht es wieder von vorne los... und die Kinder?
Und geht namenlos durch seine Stadt. Und hält den Nacken hin, auf dass der Henker sein Werk verrichten möge. Und legt sich auf die Schlachtbank.
Aber die schönen Seiten des Lebens!?
Schön?
Sich halb tot arbeiten,
keine Zeit, das sauer verdiente Geld auszugeben,
Frauen, die vorgeben, mich zu lieben, in Wirklichkeit sich im Schatten der finanziellen Sicherheit, die ich ihnen biete, auf den Lebensabend und den Tod vorbereiten.
Ich selbst liebe sie ja auch nicht...

Was einmal Liebe genannt wurde, war zwischen den Sandkörnern des Alltags zerronnen, im ranzigen Gemisch der Körpersekretionen in den Betten kleben geblieben.
Bloß jetzt keine Abrechnung mit dem Leben!

Wer bist du denn, dass du allmächtig von oben herab deine Position im Leben orten kannst und dich - ohne mit der Wimper zu zucken - in den Orkus verdammst?

Das war doch alles gar nicht wahr?!

Peter fuhr sich mit der flachen Hand über das Gesicht, gerade so als wollte er feststellen, ob er es auch wirklich sei, den er da berührte.

Beruflich ging es ihm schon seit geraumer Zeit glänzend. Er hatte es geschafft, mit seiner Werbeagentur einige spektakuläre Aufträge an Land zu ziehen. Mit seinen 45 Jahren hatte er sich sportlich fit gehalten, so dass er glatt für Mitte dreißig durchging. Die Trennung von seiner Frau und den Kindern lag mittlerweile sieben Jahre zurück. Hatte er eigentlich heute verarbeitet. Seine Kinder sah er regelmäßig, Tom war jetzt siebzehn, Anja zwölf. Tja, blöd war natürlich der Nachkömmling, die kleine Svenja, gerade geboren, bevor die Beziehung endgültig in die Brüche ging.

Rettungsversuch! Dabei war uns beiden längst klar, dass es nicht mehr weiter ging. Wir saßen in der Sackgasse, hatten unseren gemeinsamen Vorrat an Visionen und Hoffnungen aufgebraucht.

Und jetzt kommt Astrid mit ihrem dämlichen Kinderwunsch. Und obendrein will sie mich auch noch heiraten.

Die linke Emanze, die sich immer mit Händen und Füßen gegen jegliche Abhängigkeit der Frau vom Mann gewehrt hat, kippt plötzlich mit ihren 42 Jahren um.

Sie habe „das Ding eben transzendiert", wie sie sich ausdrückte. Jetzt erst könne sie auf einer völlig veränderten Basis aufbauen.

Ja, Mann und Frau gehörten zusammen, sollten Kinder zeugen und ihr Leben gemeinsam verbringen.

Die Natur habe es so gewollt, weshalb sonst hätte der Mann ei-

nen Schwanz, der erstaunlich gut in die Möse der Frau passe...
Das ganze Gerede hatte etwas von einem heiligen Ernst, einem verbissenen Kampf mit eigenen inneren Kräften.
Peter schlug den Weg zur Weser ein. Dort konnte er ungestört ein Pfeifchen rauchen, niemand würde sich um ihn kümmern.

Auch so ein Mythos: Shit rauchen bedeutet ein kleines Stück Freiheit, eine Flucht in den Rausch.
Jedenfalls beruhigt es und turnt an, alter Nörgler.
Außerdem kann ich mir keine drogenfreie Welt vorstellen.
Zum Zen-Mönch tauge ich wohl nicht, das ist mal klar.
Obwohl, wer weiß?
Also, heiraten kommt nicht in Frage. Und ein weiteres Kind schon gar nicht. Ich zahle ja bereits für meine drei monatlich 1500 Euro.
Wenn du mich liebst, dann lass uns heiraten. Aber ich sehe ja, dass du mich gar nicht liebst.
Das waren Astrids Worte und sie hatte den Nagel auf den Kopf getroffen.
Ah, das geht gut rein, das Zeug.
Die Frauen können mich alle mal.
Aber was können sie mich?
Nun, ich denke, ich gehe mal so langsam zurück zum Parkplatz, zur Bürgerbei...,
Bürgerbeide... nein, das heißt Bürgerbeide, wieder nicht...
Würgerweide... auch gut.
Ist das hier nicht diese verdammte Böttcherstraße, wo die Touristen immer auf dieses Uhrwerk starren? Klar ist sie das!
Ich bin zwar stoned, aber nicht orientierungslos.
Komisch, jetzt ist hier nichts los. Die Leute wollen nämlich gar nicht die Atmosphäre dieser Gasse erleben, sondern... haha, das gibt's doch nicht... sondern, zu komisch... sich selbst wollen sie erleben, sich zeigen, sich spielen...
Scheiße!

Jeder spielt sich auf irgendeine Weise, jeder, auch ich, bloß mein Joint nicht,
weil das kein Individi..., Individium, na eben kein Typ ist, der bleibt sich treu.

Und das hier ist nun der geniale Marktplatz mit Rathaus und all diesen ehrbaren alten Gebäuden.
Wo war doch gleich dieser Heini, dieser... Roland heißt er... eben...
Ah, da haben wir ihn ja, den Herrn, den feinen...
Moment mal, nee, also...
Das hatte ich von dir nicht gedacht!
Du also auch!
Wo hast du denn bloß das Ofenrohr her? Hast guten Stoff drin?
Schau mal meinen Mini-Joint dagegen an, großer Meister!
Siehst aber ganz schön stoned aus, mein Lieber! Du bist wohl schon ein Weilchen am Qualmen, was? Hier sieht dich ja niemand, hast ganz recht!
Wie, soll ich mal?
Vielen Dank, Meister, Peace!
Puh, ist der schwer, herjee, wie krieg ich den an den Mund, ach, wird schon irgendwie gehen.
Na denn, auf die Bewusstseinserweiterung!
Für die Zerschlagung des Establishments!
Auf zum Marsch durch die Institutionen!
Hoch die Fahne!
Mir tränen die Augen!
Oha, uf, hej man, puh, washastnda hmgnf, washastndadrin?
Japs!
Verdammt gutes Zeug!
Huh! Luftholen!
Holla, das geht ab. Hier haste deinen Joint wieder, großer Meister.

Aua, he was soll das, ich habe dir nichts getan! Wozu hast du diese blöden Piekser da an deinen Knien?

Schon gut, ich bin nicht nachtragend. Aber weißte, das muss ich dir ja sagen:

Verstellen kannste dich gut. Hundert mal bin ich schon an dir vorübergegangen. Hab dich mir auch gelegentlich genauer angeschaut. Gut, im Sommer kann man dich oft vor lauter Touristen kaum sehen. Oder wenn irgendwelche Fressfeste um dich herum stattfinden!

Aber noch nie habe ich dich Shit rauchen sehen, mein Lieber! Wenn das die Stadtväter wüssten!

Abreißen lassen täten sie dich.

Und recht tust du! Scheiß auf sie alle! Dein Bremen, worüber du wachen sollst, haben sie bereits zugrunde gehen lassen. Sie prostituieren dich vor aller Welt. Worüber sollst du denn heute noch wachen im ehrbaren Bremen? Über den Parteienfilz, die verfehlte Bildungspolitik, den Schuldenberg?

Na, mach's gut, alter Junge. Ich muss ins Bett. Für heute bin ich bedient.

Am nächsten Morgen konnten tausende verwunderte Hörer in den Nachrichten von Radio Bremen folgende Meldung hören:

„Der steinerne Roland auf dem Marktplatz der Bremer Innenstadt ist in der vergangenen Nacht offenbar das Opfer eines Brandanschlags geworden. Besonders im oberen Bereich der Figur sind starke Schmauchspuren festgestellt worden, während zu Füßen des Rolands große Mengen angekohlten Pergamentpapiers sowie Tabakreste verstreut lagen. Die Untersuchungen der Polizei dauern noch an."

Rot oder Grün?

„Kommen Sie doch mal bitte her, Conrads!"

„Sofort, Herr Professor. Haben Sie etwas entdeckt?"

„Schauen Sie sich das an! Die pflanzliche Substanz scheint den roten Farbstoff aufzusaugen. Das wäre zu schön. Die Krönung unserer Arbeit, Conrads. Seit drei Jahren arbeiten wir daran. Wir stehen kurz vor der Lösung, ich spüre es."

Die beiden Wissenschaftler schauten abwechselnd durch das Mikroskop, etwas ungläubig zwar, aber dennoch, sie schienen auf dem richtigen Weg zu sein.

„Mein lieber Conrads", Professor Schmöller zündete sich eine Zigarre an, „den Nobelpreis dürfen wir gerade nicht erwarten, aber ein dickes Lob vom Minister sowie neue Forschungsmittel. Und Ruhm, großen Ruhm."

Conrads lachte:"Aber nicht von allen Seiten, das ist Ihnen ja wohl klar. Die Hobby-Gärtner-Gilde der Subkultur wird Sie verfluchen."

Auch der Professor lächelte. Aber nur kurze Zeit später nahm sein Gesicht ernste Züge an.

„Dafür helfen wir unzählige Menschenleben retten. Die Zahl der Drogentoten hat erschreckende Ausmaße angenommen und Cannabis ist unbestritten eine der Einstiegsdrogen. Wenn es uns gelingt, die Grundstruktur der pflanzlichen Faser rot zu färben, dann, mein Lieber, ist jede Cannabispflanze auf hundert Schritt Entfernung auszumachen."

Conrads straffte seine Haltung und zog die Stirn kraus.

„Haben Sie gelesen, was dieser Richter aus Lübeck über den Haschischkonsum sagt? Er stellt ihn auf eine Ebene mit dem Alkohol. Jedermann habe ein Recht auf seinen Rausch!"

„Ich bitte Sie, Conrads", empörte sich Schmöller,"da will sich so ein junger Sozi profilieren mit populistischen Urteilen. In diesem Fall zielt er auf die einschlägigen Kreise der Subkultur.

Das hat der doch eigentlich gar nicht nötig. Ich versteh' den Kerl nicht."

„Aber", Conrads räusperte sich, „aber ist nicht etwas wahres dran an seiner Sichtweise, Herr Professor?"

„Sehen Sie", dieser zog an seiner Zigarre und blickte seinem Mitarbeiter direkt in die Augen, „der Alkohol ist doch in unserer Gesellschaft seit langem wohl etabliert. Wir haben alle gelernt, mit seinen Gefahren umzugehen, als Kollektiv wohlgemerkt, und mir ist nicht bekannt, dass jugendliche Bier- oder Weinkonsumenten massenhaft am Alkohol zugrunde gehen." Schmöller paffte genüsslich den bläulichen Qualm seiner Havanna schräg an Conrads vorbei.

„Aber nun schauen Sie sich einmal den Weg vom Haschisch zu Heroin oder LSD an. Ganz zu schweigen von diesem Ecstasy heutzutage. Übrigens ein längst bekanntes Mittel, wie Sie wissen werden."

Natürlich war das alles Conrads gut bekannt. Er musste dieses Ritual über sich ergehen lassen, der Chef hörte sich gern dozieren und so schwieg er aufmerksam und unterwürfig.

„Wir dürfen es nicht zulassen", fuhr sein Chef fort, „dass neue, in ihren Wirkungen recht unbekannte Drogen auf den Markt gelangen, zumal es gerade die jungen Generationen sind, die sich durch sie angesprochen fühlen."

Gerne hätte Conrads erwidert, dass diese Suche nach Rausch, Ekstase und Transzendenz - (oder gar nur nach Entspannung? - nun, das wohl eher nicht) doch wohl gesellschaftliche Gründe haben müsse. Schmöllers Ansichten schienen ihm in diesem Punkt allzu konservativ und weltfremd.

Er wagte es jedoch keineswegs, seine wahre Meinung kundzutun. Erstens wusste er, wie impulsiv sein Chef darauf reagieren würde, es gab da so eine jähzornige, rechthaberische Ader in ihm.

Und zweitens wollte er sich nicht um seine Chance bringen, Nachfolger von Professor Schmöller als Institutsleiter zu werden. Er hatte gute Karten beim Chef, so dass bei dessen Pensionierung in drei Jahren der Weg frei sein könnte.

In einer kleinen, schummerigen Kellerwerkstatt hantierten zwei junge Männer, Mitte zwanzig, ihr schulterlanges, dichtes Haar zu einem Zopf zusammengebunden, mit Reagenzgläsern, Pipetten und irgendwelchen schwer zu erkennenden Substanzen.

Eine Ecke des niedrigen Raumes ist hell erleuchtet, auf dem Boden stehen verschiedene Pflanzen in kleinen Kästen, akkurat mit weißen Zettelchen versehen, auf denen das Datum der Aussaat, die Art der Pflanze sowie Zahlenkombinationen mit Großbuchstaben des russischen kyrillischen Alphabets geschrieben stehen.

An dem kleinen Arbeitstisch sitzt Jan, Sohn eines Apothekers, der schon während seiner Schulzeit alles chemisch herstellte, was herstellbar ist - und das ist nicht wenig...

Ihm über die Schulter schaut sein Studienfreund Torben, angehender Molekularbiologe, der mit seinen 26 Jahren bereits sein Diplom in der Tasche hatte sowie ein Doktorandenstipendium für Princeton.

„Gar nicht übel. Gar nicht mal so übel."

Jan nahm sein gerötetes rechtes Auge vom Okular und drehte sich leicht zu seinem hinter ihm stehenden Freund um.

„Schau es dir selbst an. Wir sind auf dem richtigen Weg. Ich sag' es dir!"

Torben galt trotz seines geringen Alters bereits jetzt als der absolute gentechnologische Spezialist an der Uni. Es war bald abzusehen gewesen, dass die hiesige Fakultät ihn nicht weiter fördern könnte. So hatte sich sein rühriger Mentor Professor Nauweiler beizeiten nach lukrativen Angeboten in den USA für ihn umgesehen.

Sein Hauptinteresse galt der Genmanipulation von pflanzlicher Nahrung für Mensch und Tier. Torben war fest überzeugt von der Notwendigkeit, der Natur unter die Arme zu greifen, um eine explosiv wachsende Erdbevölkerung mit pflanzlicher Nahrung zu versorgen.

Er selbst war Vegetarier und sah in dieser Art der Ernährung den einzigen Weg für die Zukunft.

Natürlich gehörten zu seinen vegetarischen Genüssen auch gewisse Kräuter und Gräser, deren allgemeine medizinische und kulinarische Qualitäten bekannt sind.

Auch Cannabisprodukte pflegte er gelegentlich zu konsumieren. Und genau dieses war der Stoff, an denen er seine biochemischen Fähigkeiten beweisen wollte.

„Es müsste doch mit dem Teufel zugehen", Torben straffte seinen Körper, „wenn es uns nicht gelänge, diesen verdammten Cannabiswirkstoff in stinknormale Erdbeeren einzulagern. Dann wäre es vorbei mit der Schnüffelei der Bullen nach Cannabisfeldern."

„Und die Erdbeeren würden noch einmal so gut schmecken!", entgegnete Jan.

„Nur schade", meinte Torben, „dass ich mir das nicht patentieren lassen kann. Oder gar den Nobelpreis dafür bekomme."

„Tja, mein Lieber. Pech gehabt." Jan grinste.

„Dafür hättest du wohl ein Kalb klonen müssen oder irgendwelche edlen Algen züchten gegen den Hunger der Weltbevölkerung. So jedoch kommst du noch in den Knast, falls wir erwischt werden."

Ein halbes Jahr ist ins Land gegangen. Das Leben in unserem kleinen Universitätsstädtchen hat seinen ganz normalen Gang genommen.

Einige Forscher wurden für ihre Verdienste geehrt, andere ergaben sich wegen Erfolglosigkeit auf der ganzen Linie noch mehr dem Alkohol.

Einige Studenten haben ihr Examen mit Bravour bestanden und stehen bereits voll im Berufsleben. Andere plagen sich mit Selbstmordgedanken, weil sie das Gefühl haben, ihr Leben sei verpfuscht und es gebe keinen Platz für sie auf dieser Welt. Professor Schmöller und sein Mitarbeiter Dr. Conrads haben vom Präsidenten der Universität persönlich im Beisein des Polizeipräsidenten und Innenministers eine Auszeichnung sowie weitere Forschungsmittel von Stadt und Land erhalten, dafür, dass es ihnen gelungen ist, die für die labile Jugend so gefährliche Cannabispflanze in roter Farbe zu züchten.

In einschlägigen Kreisen der Studentenschaft ist neuerdings eine bestimmte Art Früchte äußerst populär:

Erdbeeren.

Und zwar
in jeder Form.
Erdbeeren mit Sahne.
Erdbeer-Bowle.
Erdbeerquark.
Erdbeeren pur.
Erdbeersaft...

Vom selben Autor:

Meteora – zwischen Himmel und Erde

Die gebirgige Klosterlandschaft der Meteora zwischen Kalabaka und Kastraki gehört zum Weltkulturerbe. Sie wird von Hunderttausenden Menschen jedes Jahr aus nah und fern besucht. Die meisten von ihnen fahren mit dem Bus oder dem Auto zu den Klöstern.

Dieses kleine Büchlein möchte dazu einladen, abseits der Straßen tief in die Welt der Orthodoxie einzutauchen, zu meditieren und den kleinen Dingen am Wegesrand Beachtung zu schenken. Ein uralter Baum, majestätische Störche auf der Kirchenkuppel oder die Ruinen längst vergangener Klöster oder Einsiedeleien - all diese Dinge möchten uns ihre Geschichte erzählen!

Verlag: BoD – Books on Demand, Norderstedt
ISBN: 978-3-7528-0465-2

...oder auch als englische Version:
ISBN: 978-3-7460-8124-3

Weiterführende Informationen zu Publikationen finden Sie auch unter folgendem Link:

http://www.salinos.de/links/hanfbuch.php